KB075319

일곱채의 빈집

사만타
슈웨블린

일곱채의 빈집

SAMANTA
SCHWEBLIN

엄지영 옮김

SEVEN EMPTY HOUSES

창비

차례

다섯살 난 딸이

식당과 부엌 사이에서 길을 잃었을 때, 그는

아이에게 이렇게 경고했다. 이 집은 크지도 작지도 않지만,

조금만 잘못해도 길 표시가 모두 사라지면서

결국 모든 이번 생의 희망을 잃게 될 거야.

—후안 루이스 마르티네스 「어느 가족의 실종」*

A: 당신의 아파트가 마음에 드는군.

B: 좋기는 하지만 겨우 한 사람,

아니면 정말 가까운 사람

둘이 살 만한 크기지.

A: 정말로 가까운 두 사람을 알고 있어?

—앤디 워홀 『앤디 워홀의 철학』

* 후안 루이스 마르티네스 올헤르(Juan Luis Martínez Holger, 1942~93)
는 칠레 출신의 아방가르드 시인이자 작가로, 「어느 가족의 실종」(La
desparición de una familia)은 그의 작품집 『새로운 소설』(*La nueva
novela*)(1977)에 수록된 시다.

나의 부모님, 릴리아나와 파블로에게

이 책을 바칩니다.

일러두기

1. 이 책은 Samanta Schweblin, *Siete casas vacías*(Páginas de Espuma 2015)를 번역 저본으로 삼았다.
2. 본문 중의 각주는 옮긴이의 것이다.
3. 본문 중의 고딕체는 원서에서 이탤릭체로 강조한 부분이다.

그런 게 아니라니까

"아, 이제 망했네." 엄마가 말한다.

엄마는 브레이크를 밟고 운전대에 몸을 기댄다. 가녀리고 주름진 손가락이 플라스틱 운전대를 꽉 쥐고 있다. 우리는 지금 집에서 30분가량 떨어진 곳에 있다. 여기는 우리가 가장 좋아하는 주거 지역 중 하나다. 이 동네에는 아름답고 널찍한 저택이 즐비하지만, 간밤에 내린 비 탓에 안 그래도 포장이 안 된 흙길이 진창으로 변해버렸다.

"꼭 진흙탕 한가운데에 차를 세워야 했어? 여기서 어떻게 빠져나가려고 그래?"

나는 바퀴가 진창에 얼마나 깊이 빠져 있는지 확인하려고 문을 연다. 꽤나 깊이, 상당히 깊게 빠져 있다. 나는 문을 쾅 닫는다.

"엄마, 지금 뭐 하는 거야?"

"내가 지금 뭘 하냐고? 그건 또 무슨 소리니?" 엄마는 정말로 정신이 하나도 없는 것 같다.

나는 우리가 지금 뭘 하고 있는지 정확히 알고 있지만, 그게 얼마나 이상한지 이제야 깨달았다. 아무것도 모른다는 듯 멍한 표정을 지으면서도 일단 대답은 하는 걸 보면, 엄마는 내가 무슨 말을 하는지 알고 있는 게 틀림없다.

"지금 집들을 보고 있잖아." 엄마가 말한다.

엄마는 눈을 몇번 깜박인다. 아무래도 속눈썹에 마스카라를 너무 많이 바른 것 같다.

"집들을 보고 있다고?"

"집들을 보고 있어." 엄마는 우리 양쪽에 늘어서 있는 집들을 손가락으로 가리킨다.

엄청나게 큰 집들이다. 새로 깎은 잔디밭 언덕 위에서 눈부신 석양빛을 받아 반짝거린다. 엄마는 한숨을 내쉬더니 운전대를 잡은 채 다시 등받이에 기대어 앉는다. 더이상 아무 말도 하지 않을 것 같다. 어쩌면 어색해서 무슨 말을 해야 할지 모르는 걸 수도 있다. 하지만 우리가 하는 일이란 바로 이런 것이다. 나가서 집을 구경하는 것. 나가서 다른 이들의 집을 보는 것. 그런데 지금 섣불리 그 이유를 알아내려 했다가는 일을 그르칠 수도 있을 것 같다. 엄마가 오랜 세월 내 시간을 낭비했다는 사실을 확인하게 될 테니까. 그 순간 엄마가 1단 기어를 넣자 바퀴가 잠시 헛도는가 싶더니 놀랍게도 차는 조금씩 앞으로 굴러간다. 나는 뒤를 힐끗 돌아본다. 우리 때문에 교차로의 모래흙이 엉망진창이 되어 있었다. 나는 어제 우리가 저 아래 두번째 교차로에서, 그리고 거의 출구에 다다랐을 때에도 지금과 똑같은 짓을 해놨다는 사실을 관리인 누구도 눈치채지 못하게 해달라고 속으로 빌었다. 우리가 탄 차는 계속 앞으로 나아가고 있다. 엄마는 어느 저택 앞이 됐건 멈추지 않고 계속 직진한다. 멋진 울타리, 해먹 또는 차양에 대해서도 일절 언급하지 않는다. 한숨을 쉬지도, 콧노래를 흥얼거리지도 않는다. 주소를 적어둔다거나 고개를 돌려 나를 보지도 않는다. 몇 블록 더 내려가자 집들도 점점 드문드문 보이고, 잔디밭 언덕도 그다지 높지 않다. 길에 보도는 없지만 정원사가 정성스레 손질한 생울타리*로 둘러싸인 저택들은 바로 그 흙길에서 시작하여 마치 지면 높이로 펼쳐진 초록빛 저수지처럼 완벽하리만큼 평평한 땅을 뒤덮고 있다. 엄마는 교차로에서 좌회전한 다음, 몇 미터 더 몰고 간다. 갑자기 큰 소리로 말하지만, 혼잣말을 하는 것 같다.

"더이상 길이 없어."

앞에 집이 몇채 더 있긴 한데 그 너머에는 길이 숲으로

---

* 살아 있는 나무나 식물을 빼곡히 심어 만든 울타리.

막혀 있다.

"온통 진흙투성이야." 내가 말한다. "여기서 세우지 말고 차를 돌려."

엄마가 찡그린 얼굴로 나를 바라본다. 그러고는 오른편에 있는 풀밭 쪽으로 차를 붙이면서 반대 방향으로 돌아 나오려고 한다. 하지만 결과는 끔찍했다. 대각선 방향으로 어중간하게 차를 돌리다가 그만 왼편에 있는 풀밭으로 빠지는 바람에 급하게 브레이크를 밟고 만 것이다.

"젠장!" 엄마가 말한다.

급하게 액셀을 밟아보지만, 바퀴는 진흙탕에 빠져 헛돈다. 나는 뒤를 돌아 상황을 파악한다. 정원에, 아니 대문 문지방 쪽에 남자아이 하나가 있다. 엄마가 다시 액셀을 밟자, 차는 가까스로 후진한다. 곧이어 엄마가 한 행동은 이렇다. 차를 후진시켜 길을 건넌 다음, 남자아이 집의 널찍한 잔디밭으로 올라간다. 그러고는 갓 깎은 잔디밭 위를 가로질러 움직이며 진흙으로 된 두줄짜리 반원을 그린다. 마침내 차가 그 집 전망창 앞에 멈춘다. 아이는 플라스틱 장난감 트럭을 손에 들고 선 채로 우리를 멍하니 바라본다. 나는 사과를 한달지, 아니면 차 조심하라고 당부할 의도로 손을 들지만, 아이는 장난감 트럭을 내팽개치고는 집 안으로 뛰어 들어간다. 엄마가 나를 바라본다.

"출발해." 내가 말한다.

하지만 바퀴가 헛돌면서 미끄러져 차가 움직이지를 않는다.

"천천히 해, 엄마!"

그때 창가에 드리워진 커튼 뒤로 한 여자가 나타나더니 창문 너머로 우리를, 자기 집 정원을 바라본다. 남자아이는 그 옆에 서서 손가락으로 우리를 가리킨다. 다시 커튼이 닫히고, 엄마는 차를 진흙탕에 점점 더 깊이 빠뜨리고 있다. 마침내 그 여자가 집에서 나온다. 여자는 우리가 있는 쪽으로 발걸음을 옮기지만, 잔디를 밟기가 싫은 모양이다. 니스 칠한 나무 통로를 따라 걸음을 옮기기 시작한 여자는 곧 방향을 바꾸어 까치발을 하고 우리 쪽으로 다가온다. "빌어먹을!" 엄마가 다시 혼잣말로 중얼거리듯 말한다. 엄마는 액셀에서 발을 떼더니, 결국 운전대도 놓는다.

여자는 우리에게 다가와 몸을 숙여 차창 너머로 말을 걸려고 한다. 자기 마당에서 우리가 무얼 하고 있는지 알고 싶어하지만, 말투가 그리 상냥하진 않다. 남자아이는 입구 기둥을 껴안은 채 우리를 몰래 지켜본다. 엄마는 미안하게 됐다고, 정말로 미안하다고 말한다. 같은 말을 몇번이나 반복한다. 하지만 여자는 엄마의 말을 귀담아듣지 않는 눈치다. 그저 자기 집 정원을, 잔디밭에 빠져버린 바퀴를 물끄러미 보고 있을 뿐이다. 그러더니 거기서 우리가 뭘 하고 있는지, 우리 차가 왜 자기네 정원에서 옴짝달싹 못하고 있는지, 또 우리가 얼마나 큰 피해를 입혔는 줄이나 아는지 연이어 묻는다. 내가 나서서 여자에게 하나씩 설명한다. 우리 엄마는 진흙탕에서 운전할 줄 모를뿐더러 지금 상태가 좋지 않다고. 엄마가 운전대에 이마를 부딪혔는데, 그후로 계속 저러고 있어서 돌아가신 건지, 아니면 온몸이 마비된 건지 모르겠다고. 그 순간 갑자기 엄마의 등이 부르르 떨리더니 울음이 터진다. 여자가 나를 바라본다. 어쩔 줄 모르겠다는 표정이다. 나는 엄마의 몸을 흔든다. 엄마는 이마를 운전대에 기댄 채 꿈쩍도 하지 않는다. 두 팔이 힘없이 옆으로 축 늘어진다. 나는 차에서 내린다. 그러고는 다시 여자에게 사과한다. 여자는 키가 크고 금발이며 아까 그 남자아이처럼 덩치가 큰 편이다. 얼굴 크기에 비해 눈, 코, 입이 너무 몰려 있다. 우리 엄마와 비슷한 나이로 보인다.

"이거 누가 배상할 거죠?" 여자가 말한다.

나는 돈 한푼 없지만, 어떻게든 우리가 배상하겠다고 말한다. 다시 한번 미안하다고 하면서, 당연히 우리가 배상할 거라고 말한다. 그래야 상대가 진정할 것 같았다. 여자는 자기네 마당은 잊지 않되 잠시 우리 엄마에게 관심을 돌린다.

"부인, 괜찮으세요? 대체 뭘 하시려던 거죠?"

엄마는 그제야 고개를 들고 여자를 쳐다본다.

"몸이 안 좋아요. 부탁인데, 앰뷸런스 좀 불러주실래요?"

여자는 엄마의 말이 진담인지 농담인지 도무지 갈피를 잡지 못하는 눈치다. 물론 앰뷸런스까지 필요한 상황은 아닐망정 엄마는 진지하게 하는 말이다. 나는 여자에게 고개를 흔들며 전화를 걸지 말고 잠시 기다려달라는 신호를 보낸다. 여자는 몇걸음 뒤로 물러서서 엄마의 낡고 녹슨 차를 보더니, 옆에서 겁먹은 표정을 짓고 있는 아들을 바라본다. 그러고는 우리가 자기 집 정원에 있는 것이 못마땅한 듯 얼굴을 찌푸린다. 어떻게 해야 우리를 내쫓을 수 있을지 몰라 난감해하고 있다.

"부탁인데요." 엄마가 말한다. "앰뷸런스가 도착하기 전에 물 한잔만 갖다주실 수 있나요?"

하지만 여자는 선뜻 대답을 하지 않고 잠시 미적거린다. 자기 정원에 우리만 남겨놓고 가기가 꺼려지는 모양이다.

"네, 그러죠." 여자가 마침내 대답한다.

여자는 남자아이의 셔츠를 잡아끌며 함께 집 안으로 들어간다. 잠시 후 현관문이 쾅 닫힌다.

"엄마, 대체 뭘 하려는 건지 말 좀 해봐. 그리고 당장 차에서 내려. 내가 어떻게든 여기서 차를 빼내볼 테니까."

엄마는 자리에 똑바로 앉더니 다리를 천천히 움직이며 차에서 내리려 한다. 진흙탕에서 차를 빼내려면 바퀴에 낄 만한 적당한 크기의 통나무나 돌이 필요할 것 같다. 하지만 아무리 둘러봐도 정원은 깔끔하기만 하다. 잔디와 화초 말고는 아무것도 보이지 않는다.

"나무가 있나 좀 찾아볼게." 나는 길 끝에 있는 숲을 가리키며 엄마에게 말한다. "그러니까 꼼짝하지 말고 여기 있어."

차에서 내리려던 엄마는 잠시 얼어붙어 있더니 다시 자리에 털썩 주저앉는다. 날이 점점 어두워지고 있어 걱정이다. 깜깜해지면 차를 진흙탕에서 빼낼 수 있을는지 모르겠다. 숲은 두 집 너머에 있다. 나무 사이를 몇분 걷다보니 필요한 것이 눈에 띈다. 차로 돌아오자, 엄마가 보이지 않는다. 밖에는 아무도 없다. 나는 현관문으로 걸어간다. 아이의 장난감 트럭이 도어매트에 덩그러니 놓여 있다. 초인종을 누르자, 여자가 문을 열어주러 다가온다.

"앰뷸런스 불렀어요." 여자가 말한다. "당신을 찾으러 나왔는데 어디 있는지 보이지 않더군요. 그런데 당신 어머니가 다시 기절할 것 같다고 하시더라고요."

처음 그랬던 게 언제였는지 기억나지 않는다. 나는 통나무를 들고 안으로 들어간다. 벽돌 두개 크기의 통나무 둘이다. 여자는 나를 주방으로 안내한다. 카펫이 깔린 커다란 거실 두군데를 지나자 곧 엄마 목소리가 들려온다.

"이게 다 하얀 대리석이야? 이런 대리석을 어디서 구했대? 꼬마야, 아빠는 무슨 일 하시니?"

엄마는 한 손에 찻잔을, 다른 손에 설탕 그릇을 들고 식탁 앞에 앉아 있다. 남자아이는 맞은편에 앉아 엄마를 쳐다보고 있다.

"어서 일어나, 엄마." 나는 통나무를 보여주며 엄마에게 말한다.

"이 설탕 그릇 디자인 봤니?" 엄마가 설탕 그릇을 내 쪽으로 밀며 말한다. 하지만 내가 놀라는 눈치를 보이지 않자 엄마는 덧붙여 말한다. "정말 몸이 너무 안 좋구나."

"그건 장식품이에요." 이 광경을 보고 있던 남자아이가 말한다. "우리가 쓰는 설탕 그릇은 이거예요."

아이는 나무로 된 또다른 설탕 그릇을 엄마 쪽으로 민다. 엄마는 그것을 못 본 체 딴전을 부리며 자리에서 일어나더니, 당장이라도 토할 것처럼 서둘러 주방을 빠져나간다. 나는 체념하고 엄마를 따라간다. 엄마는 복도 옆에 있는 작은 화장실로 들어가 문을 잠가버린다. 여자와 아들이 나를 빤히 쳐다보고 있지만, 따라오지는 않는다. 나는 문을 두드린다. 그러고는 들어가서 기다려도 되느냐고 묻는다. 여자는 주방에서 밖을 내다보며 말한다.

"15분 뒤에 앰뷸런스가 도착한다고 하네요."

"고맙습니다." 내가 대답한다.

화장실 문이 열린다. 나는 안으로 들어가 다시 문을 잠근다. 그러고는 들고 있던 통나무를 거울 옆에 내려놓는다. 엄마는 변기 뚜껑 위에 앉아 울고 있다.

"엄마, 왜 그래?"

대답하기 전에 엄마는 화장지를 조금 접어 코를 푼다.

"사람들은 이런 물건들을 대체 어디서 구하는 거지? 그리고 거실 양쪽에 계단이 있는 거 봤니?" 엄마가 손바닥에 얼굴을 묻는다. "너무 슬퍼서 죽고 싶은 마음이 드는구나."

그때 밖에서 문 두드리는 소리가 난다. 앰뷸런스가 오고 있다던 여자의 말이 떠오른다. 여자가 우리에게 괜찮은지 묻는다. 엄마를 당장 이 집에서 데리고 나가야 한다.

"난 차를 빼내러 나갈 거야, 엄마." 나는 다시 통나무를 집어 들며 말한다. "2분 뒤에 밖으로 나오면 좋겠는데. 아무튼 나오는 게 좋을 거야."

복도에서 휴대전화로 누군가와 통화하고 있던 여자는 나를 보자 서둘러 전화를 끊는다.

"남편이에요. 지금 여기로 오고 있대요."

나는 그 남자가 엄마와 나를 도와주러 오는 것인지, 아니면 자기 아내를 도와 우리를 집에서 쫓아내려고 오는 것인지 여자의 얼굴 표정에 나타나기를 기다린다. 하지만 여자는 아무런 단서도 주지 않으려는 듯 나를 빤히 쳐다보기만 한다. 나는 밖으로 나가 차 있는 곳을 향해 걸어간다. 남자아이가 나를 쫓아오는 소리가 들린다. 나는 아무 말도 하지 않고 가져온 통나무를 바퀴 아래 괸 다음, 엄마가 열쇠를 어디에 두고 갔는지 찾기 위해 주위를 둘러본다. 나는 차에 시동을 건다. 여러번 시도한 끝에 마침내 바퀴 아래에 괸 통나무가 효과를 발휘한다. 나는 차 문을 닫는다. 아이가 치이지 않으려면 차를 피해 뛰어야 한다. 그래도 나는 멈추지 않고, 반원으로 그려진 바퀴 자국을 따라 차를 몰고 거리로 나간다. '엄마 혼자 나오진 않을 거야.' 나는 혼자 속으로 중얼거린다. 엄마가 뭐 하러 보통 엄마처럼 내 말을 따라 밖으로 나오겠는가? 나는 자동차 시동을 끄고 엄마를 찾으러 집 안으로 들어간다. 남자아이가 진흙투성이 통나무를 껴안고 나를 쫓아 달려온다.

나는 노크도 하지 않고 곧장 들어가 화장실로 향한다.

"부인은 화장실에 없어요." 여자가 말한다. "제발 부탁인데, 어머니 좀 데리고 나가주세요. 이건 정말 해도 해도 너무 하잖아요!"

여자는 나를 2층으로 데려간다. 계단이 넓고 환하다. 크림색 카펫을 따라 길이 나 있다. 여자는 내가 발걸음을 옮길 때마다 바닥에 남는 진흙 자국을 보지 못한 채 앞장서서 걸어간다. 문이 반쯤 열려 있는 방을 여자가 손가락으로 가리킨다. 나는 사생활을 존중할 요량으로 문을 다 열지 않고 들어간다. 엄마는 부부의 방 한복판, 카펫 위에 엎드려 누워 있다. 설탕 그릇은 엄마가 벗어놓은 시계, 팔찌와 함께 서랍장 위에 있다. 엄마는 팔다리를 넓게 벌리고 있다. 엄마에게 집채만큼 거대한 무언가를 품을 수 있는 방법이 달리 없는지, 또 그게 엄마가 하려고 하는 것인지 잠시 궁금해진다. 엄마는 한숨을 내쉬며 바닥에 앉더니 셔츠와 머리를 매만진다. 엄마의 얼굴은 더이상 불그스레하지 않지만, 눈물 때문에 화장이 얼룩져 엉망이 되었다.

"무슨 일 있니?" 엄마가 묻는다.

"방금 차를 빼냈어. 출발할 거니까 어서 일어나."

나는 여자가 뭘 하는지 보려고 밖을 기웃거리지만, 모습이 보이지 않는다.

"그런데 이걸 다 어떻게 할 거니?" 엄마가 주변을 가리키며 묻는다. "누군가는 이 집 사람들하고 이야기해야 할 것 같은데."

"엄마 지갑은 어디 있어?"

"아래층 거실, 그러니까 첫번째 거실에 있어. 거기 말고도 수영장이 내다보이는 커다란 거실하고, 주방을 지나 뒷마당이 보이는 곳에 거실이 또 있거든. 거실이 자그마치 세개나 있다고." 엄마는 청바지에서 손수건을 꺼내 코를 풀고 눈물을 닦는다. "거실마다 용도가 다른 셈이지."

엄마는 침대 기둥을 잡고 일어나 방에 딸린 화장실로 걸어간다. 침대에는 상단 시트가 곱게 접혀 있다. 나는 엄마가 시트를 그렇게 접는 것을 본 적이 있다. 침대 아래에는 공처럼 말아놓은 자홍색과 노란색 별무늬 침대보 그리고 여남은개의 쿠션이 있다.

"맙소사, 침대를 엄마가 정리해놓은 거야?"

"저 쿠션 얘기는 아예 꺼내지도 마라." 엄마는 그렇게 말한 다음, 내가 잘 들었는지 확인하려고 문 뒤에서 고개를 살짝 내민다. "그리고 화장실에서 나가면 가장 먼저 저 설탕 그릇을 보고 싶구나. 그러니까 허튼짓할 생각은 하지 않는 게 좋을 거야."

"어떤 설탕 그릇을 말하는 거죠?" 그 순간 여자가 침실 문 반대편에서 묻는다. 여자는 문을 세번이나 두드리면서도 감히 들어올 엄두를 내지 못한다. "혹시 내 설탕 그릇 말하는 거예요? 제발 그만해요, 그건 우리 어머니 거라고요."

욕조 수도꼭지에서 물이 쏟아지는 소리가 들린다. 엄마는 침실 문으로 다가간다. 잠시 엄마가 여자를 안으로 들여보내려는 줄로만 알았다. 하지만 엄마는 아예 문을 닫아버리면서 내게 목소리를 낮추라고 손짓한다. 저들이 우리 이야기를 엿듣지 못하도록 일부러 수도꼭지를 틀어놓은 거라고도 덧붙인다. '이러니 우리 엄마지.' 나는 엄마가 서랍장을 열고 옷가지들 사이로 바닥을 살피면서 가구 안쪽도 삼나무로 되어 있는지 일일이 확인하는 동안 속으로 중얼거린다. 내가 기억하는 한, 우리는 여러 집을 구경하러 나갔다가 정원에 어울리지 않는 꽃이나 화분이 있으면 곧장 치워버리곤 했다. 그뿐이 아니다. 스프링클러 위치를 바꾸고 삐뚤어진 우편함을 바로 세우는가 하면, 잔디에 너무 무거운 장식품이 있으면 다른 곳으로 옮기기도 했다. 그러다 발이 페달에 닿으면 나는 곧장 차를 몰기 시작했고, 엄마도 마음이 한결 홀가분해졌다. 언젠가 엄마는 하얀색 나무 벤치를 혼자 들고 맞은편 집 정원에 갖다 놓은 적도 있다. 해먹을 철거하는가 하면, 잡초를 뽑기도 했다. 그리고 싸구려 티가 더럭더럭 나는 포스터에서 '마릴루2'라는 제목을 세번이나 뜯어냈다. 아버지도 이런 일을 어느 정도 알게 됐지만, 그것 때문에 엄마를 떠난 것 같진 않다. 아버지는 집을 떠나면서 자동차 열쇠를 제외한 자기 물건을 몽땅 가져갔다. 아버지는 그동안 엄마가 사 모은 홈 인테리어 잡지 더미 위에 열쇠를 올려두었다. 그후로 몇년 동안, 엄마는 나랑 마실을 나올 때 차에서 거의 내리지 않았다. 엄마는 조수석에 앉아 이렇게 말하곤 했다. "그건 기는가시풀*이야" "저 내닫이창**은 아메리카식이 아니야" "아이비제라늄*** 꽃은 봄여뀌**** 옆에 두면 절대 안돼" "언젠가

---

* 남방형 화본과 목초의 일종으로 아프리카 동부가 원산지다. 빠르게 성장하면서 주변으로 퍼지는 탓에 유해 잡초로 분류되고 있다.
** 벽면에서 일부분을 내밀어 만든 창.
*** 쥐손이풀과에 속하는 제라늄의 일종으로 관엽식물인 아이비와 닮아 그런 이름이 붙었다.
**** 마디풀과의 식물로 한해살이 풀이다. 분홍색 꽃이 피기 때문에 관상용으로 많이 재배된다.

내가 집을 핑크 펄 색깔로 칠한다고 하면, 제발 사람을 사서 나를 쏴 죽여줘". 엄마가 다시 차에서 내리기까지는 한참이 걸렸다. 그런데 오늘 오후 엄마는 정도를 넘어섰다. 자기가 꼭 운전을 해야겠다며 고집을 부린 것이다. 엄마는 이 집 안에 들어가 곧장 부부의 침실로 갈 궁리를 했다. 이제 막 화장실로 돌아간 엄마는 욕조에 소금 두 병을 던지고 수납장 안에 있는 물건을 죄다 쓰레기통에 버리기 시작한다. 나는 자동차가 멈춰 서는 소리를 듣고 뒷마당이 내다보이는 창문으로 가서 밖을 살핀다. 날이 어두워지고 있지만, 그들의 모습은 보인다. 남자가 차에서 내리는 동안 여자는 그를 향해 걸어간다. 여자는 왼손으로 남자아이의 손을 잡고, 오른손으로 한꺼번에 손짓과 신호를 보내느라 애를 쓰고 있다. 남자는 놀란 표정으로 고개를 끄덕이더니 2층을 쳐다본다. 그가 나를 보고 있다. 눈이 마주치는 순간, 나는 우리가 빨리 움직여야 한다는 걸 깨닫는다.

"어서 나가자, 엄마."

엄마는 샤워 커튼에 달린 고리를 하나씩 빼고 있다. 나는 엄마 손에서 고리를 빼앗아 바닥에 내던지고, 손목을 잡아 계단 쪽으로 밀친다. 아주 난폭하게. 평소에는 엄마에게 그런 적이 없다. 새로운 분노가 나를 문으로 밀어낸다. 엄마는 나를 따라오다가 가끔씩 층계에서 비틀거린다. 주워 온 통나무들이 계단 밑에 널려 있다. 나는 지나가면서 그것들을 발로 찬다. 거실에 도착하자, 나는 엄마의 지갑을 집어 들고 둘이서 함께 현관문으로 나간다.

차를 타고 길모퉁이에 이르렀을 때, 그 집에서 자동차 불빛이 나오더니 방향을 틀어 우리를 따라오는 것 같은 기분이 든다. 전속력으로 차를 몰아 진흙탕이 돼버린 첫번째 교차로에 도착하자 엄마가 말한다.

"아니 저게 다 무슨 미친 짓이지?"

나는 엄마가 말한 미친 짓이라는 게 내 행동을 가리키는 건지, 아니면 자기가 저지른 짓을 가리키는 건지 궁금하다. 엄마는 항의의 표시로 안전벨트를 맨다. 지갑을 무릎 위에 올려놓은 채, 두 손으로 손잡이를 꽉 쥐고 있다. '이제 진정해, 진정해, 진정하라고.' 나는 그렇게 속으로 중얼거린다. 뒤따라오는 차가 있는지 백미러로 살펴보지만, 아무것도 보이지 않는다. 엄마에게 차분히 이야기하고 싶어도, 엄마만 보면 소리부터 지르게 된다.

"엄만 대체 뭘 찾고 있는 거야? 이게 다 뭐냐고?"

하지만 엄마는 앉아서 미동도 하지 않는다. 잔뜩 눈살을 찌푸린 채, 심각한 표정으로 정면만 응시하고 있다.

"엄마, 도대체 왜 그러는 거야? 남의 집에 들어가서 무슨 짓을 하는 거냐고?"

저 멀리서 앰뷸런스의 사이렌 소리가 들린다.

"저런 거실을 갖고 싶어서 그래? 엄마가 원하는 게 바로 그거야? 대리석 조리대? 빌어먹을 설탕 그릇? 저런 쓸모없는 아이들? 그런 거야? 젠장, 저 집들에서 대체 뭐를 망가뜨리고 싶은 거냐고?"

나는 주먹으로 핸들을 내리친다. 앰뷸런스의 사이렌 소리가 더 가까이 들리자, 나는 손톱으로 플라스틱 핸들을 꽉 누른다. 내 나이 다섯살 때, 엄마가 어느 집 정원에 있던 칼라*를 모조리 잘라낸 적이 있다. 그때 엄마는 울타리에 앉아 있던 나를 까맣게 잊어버린 채 나를 다시 찾을 생각도 하지 않았다. 거기 앉아 한참을 기다리고 있던 나는 갑자기 빗자루를 들고 집에서 달려 나오는 독일 여자의 고함 소리를 듣고 놀라 달아났다. 엄마는 차로 두 블록 주위를 빙빙 돌고 있었다. 그렇게 한참이 지나서야 나를 찾을 수 있었다.

"그런 게 아니라니까." 엄마는 정면을 응시하며 말한다. 그러고는 운전하고 가는 동안 한마디도 하지 않았다.

몇 블록 더 가자, 앰뷸런스가 갑자기 우리 쪽으로 방향을 틀더니 전속력으로 우리를 지나쳐 간다.

30분이 지나서 집에 도착했다. 우리는 물건을 테이블 위에 올려놓고 진흙투성이 운동화를 벗는다. 집 안에 냉기가 돈다. 나는 부엌에 서서, 엄마가 소파를 둘러 방으로 들어

* 천남성과의 여러해살이풀로, 광택이 나는 달걀 모양 잎사귀에 희고 큰 꽃잎의 꽃이 피는 아프리카산 식물.

가 침대에 걸터앉으며 라디에이터를 켜기 위해 손을 뻗는 모습을 지켜본다. 나는 차를 끓이려고 불에 물을 올려놓는다. '지금 내게 필요한 건 바로 이것, 차 한잔이야.' 나는 속으로 말하며 풍로 옆에 앉아 기다린다. 찻잔에 티백을 넣고 있는데 현관 벨이 울린다. 그 여자, 거실이 세개 있는 집의 여주인이다. 나는 문을 열고 여자를 빤히 바라본다. 우리가 사는 곳을 어떻게 알았느냐고 그녀에게 묻는다.

"당신들을 뒤쫓아 왔으니까요." 여자가 구두를 내려다보며 말한다.

여자의 태도는 아까와는 전혀 딴판으로, 훨씬 부드럽고 느긋해 보인다. 내가 스크린 도어를 열어줘도 여자는 선뜻 걸음을 내딛지 못하고 망설이는 눈치다. 나는 좌우를 둘러본다. 하지만 그녀가 몰고 왔을 법한 차는 보이지 않는다.

"지금 가진 돈이 없어요." 내가 말한다.

"아니에요." 여자가 말한다. "그것 때문에 온 게 아니니까 걱정하지 말아요. 나는…… 참, 어머니 계세요?"

그때 침실 문 잠그는 소리가 들린다. 시끄러운 소리가 났지만, 문밖에서는 잘 안 들릴지도 모른다.

나는 고개를 젓는다. 여자가 다시 자기 구두를 내려다보며 기다린다.

"들어가도 될까요?"

나는 테이블 옆 의자를 가리킨다. 여자가 벽돌 타일 바닥 위로 걸음을 옮길 때마다 구두 굽에서 소리가 난다. 우리가 구두를 신을 때 나는 소리와는 전혀 다른 소리다. 나는 여자가 조심스럽게 움직이는 모습을 지켜본다. 이 집 공간이 훨씬 좁은 탓인지 그다지 편해 보이지 않는다. 여자는 의자에 앉아 다리를 꼬더니 그 위에 핸드백을 올려놓는다.

"차 드실래요?"

여자는 말없이 고개를 끄덕인다.

"당신 어머니는……" 여자가 입을 연다.

나는 여자에게 따뜻한 찻잔을 건네며 생각한다. '당신의 어머니가 또 우리 집에 와 계세요.' '당신의 어머니는 내가 우리 집 소파의 가죽 커버 비용을 어떻게 내는지 알고 싶어하세요.'

"당신의 어머니가 내 설탕 그릇을 가져가셨어요." 여자가 말한다.

여자는 사과하는 듯한 표정으로 미소를 지으며 차를 젓는다. 그러고는 찻잔을 물끄러미 내려다보지만 차를 마시지는 않는다. 여자가 말한다.

"말 같지 않은 소리로 들리겠지만 우리 집에 있는 물건 중에서 어머니로부터 물려받은 게 그 설탕 그릇 말고는 없거든요. 그래서……" 여자가 딸꾹질이라도 하는 것처럼 이상한 소리를 낸다. 두 눈에 눈물이 글썽 고인다. "그 설탕 그릇이 꼭 필요해요. 그러니 내게 돌려주세요."

우리 둘 사이에 잠시 어색한 침묵이 흐른다. 여자는 내 시선을 피한다. 나는 뒷마당으로 시선을 돌리다가 여자를 힐끗 보고, 엄마를 본다. 나는 여자가 밖을 내다보지 못하도록 일부러 딴청을 부린다.

"그러니까 설탕 그릇을 돌려달라는 말씀이죠?" 내가 묻는다.

"여기 있죠?" 여자는 말을 마치기가 무섭게 자리에서 일어나 주방 조리대와 거실 그리고 그 부근의 방을 쭉 둘러본다.

하지만 나는 방금 본 장면에 자꾸 신경이 쓰인다. 빨랫줄에 걸린 옷 아래로 땅바닥에 무릎을 꿇고 앉은 채, 방금 마당에 판 구덩이 속에 설탕 그릇을 집어넣고 있는 엄마의 모습이.

"돌려받고 싶으면 당신이 직접 찾아보세요." 내가 말한다.

여자는 나를 빤히 쳐다본다. 방금 내가 한 말을 이해하는 데 시간이 좀 걸리는 모양이다. 여자는 핸드백을 테이블 위에 올려놓고 천천히 걸어 나간다. 어디부터 찾아봐야 할지 모르겠다는 듯 소파와 텔레비전 사이, 사방에 수북이 쌓여 있는 상자 더미 사이를 움직이는 모습이 힘겨워 보인다. 이제야 내가 원하는 게 무엇인지 알 것 같다. 나는 여자가 온 집 안을 뒤져보기를 원한다. 나는 여자가 우리 물건을 이리저리 옮겨주기를 원한다. 나는 여자가 물건을 하나하나 살펴보면서 집 안을 잔뜩 어질러놓기를 원한다. 여자가 상자에 있는 물건을 죄다 꺼내 발로 지근지근 밟고 아무 상자에나 다시 집어넣은 다음, 바닥에 쓰러져 울기를 원한다. 그러고 나서 엄마가 안으로 들어오기를 원한다. 만약 엄마가 지금 들어오면, 새 물건을 땅에 묻은 뒤 재빨리 몸과 마음을 추스르고 주방으로 돌아온다면 틀림없이 엄마의 마음이 놓일 것이다. 삶의 연륜도 짧은 여자가, 더군다나 이런 종류의 일을 마땅히 잘해낼 만한 집도 없는 여자가 그걸 어떻게 하는지 보게 된다면 말이다.

나의 부모와 아이들

"당신 부모님 옷이 어디 있지?" 마르가가 묻는다.

마르가는 팔짱을 끼고 내 대답을 기다린다. 그녀는 내가 아무것도 모른다는 걸, 그래서 자기가 다시 물어봐야 한다는 걸 알고 있다. 커다란 창문으로 내다보니 내 부모가 뒤뜰에서 알몸으로 뛰어다니고 있다.

"하비에르, 곧 6시가 될 거야." 마르가가 내게 말한다. "아이들이 찰리와 함께 슈퍼마켓에서 돌아와 자기 할아버지 할머니가 저런 모습으로 이리저리 뛰어다니는 걸 보면 어떻게 되겠어?"

"찰리가 누구지?" 내가 묻는다.

나는 찰리가 누군지 알 것 같다. 찰리는 내 전처가 요즘 새로 사귀고 있는 멋진 남자인데, 언젠가 그녀가 내게 자초지종을 설명해주면 좋을 것 같다.

"아이들은 저런 할아버지 할머니 모습을 보고 부끄러워 죽으려 할 거야. 정말 그럴 거라니까."

"편찮으셔서 그런 거잖아, 마르가."

마르가가 한숨을 내쉰다. 나는 기분이 상하지 않도록, 인내심을 갖고 마르가에게 필요한 시간적 여유를 주려고 머릿속으로 천천히 양을 세기 시작한다. 내가 말한다.

"아이들이 할아버지 할머니를 만나면 좋겠다고 한 건 당신이라고. 우리 집에서 300킬로미터나 떨어진 이곳에서 휴가를 보내면 좋을 것 같다고, 부모님을 여기로 모셔오라고 했잖아."

"많이 좋아지셨다며?"

마르가 뒤에서 아버지가 고무호스로 어머니에게 물을 주고 있다. 아버지가 어머니 가슴에 물을 뿌리자, 어머니는 가슴을 움켜쥔다. 이번엔 엉덩이에 물을 뿌리자, 어머니는 엉덩이를 움켜쥔다.

"두분이 평소에 살던 환경에서 벗어나면 어떻게 되는지 잘 알 거 아냐." 내가 말한다. "더구나 이런 야외에서……"

아버지가 물을 뿌리는 곳을 움켜쥐고 있는 이가 정말 우리 어머니란 말인가? 어머니가 움켜쥐고 있는 곳에 물을 뿌리는 이가 정말 우리 아버지란 말인가?

"아, 그러니까 내가 당신한테 '여기 와서 아이들과 함

께, 그것도 석달이나 못 본 자식들이랑 같이 며칠 있으라'
고 연락하려면 당신 부모님이 얼마나 흥분하실지 미리 예
상하고 있어야 한다는 소리네."

그사이, 어머니는 마르가의 푸들을 머리 위로 번쩍 들어
올리고 제자리에서 빙글빙글 돈다. 나는 마르가가 절대 그
쪽으로 고개를 돌리지 못하도록 그녀에게서 눈을 떼지 않
으려고 애쓴다.

"하비에르, 나는 더이상 이런 미친 짓을 계속하고 싶지
않아."

'이런 미친 짓.' 나는 속으로 생각한다.

"그래서 당신이 아이들과 전보다 덜 만나게 되는 거라
면…… 나도 아이들에게 저런 모습을 계속 보여줄 수는
없어."

"그냥 벌거벗고 계신 것뿐이잖아, 마르가."

마르가가 앞으로 걸어나가자 나는 그 뒤를 따라간다. 내
뒤에서는 푸들이 계속 공중에서 빙빙 돌고 있다. 현관문을
열기 전에 마르가는 문 유리에 비친 제 모습을 보면서 머
리와 옷매무새를 매만진다. 찰리는 키가 크고 건장한 데다
우락부락하게 생겼다. 운동으로 단련된 근육질 몸매만 제
쳐놓는다면, 그는 12시 뉴스 진행자처럼 생겼다. 네살 난
딸과 여섯살 된 아들은 마치 어린이용 팔 튜브처럼 그 남
자의 양팔에 매달려 있다. 찰리는 고릴라처럼 거대한 상체

를 아래로 숙이면서 아이들을 살살 땅에 내려놓고, 몸이 홀가분해지자 마르가에게 키스를 한다. 그러고는 천천히 내게 다가온다. 나는 그가 쌀쌀맞게 굴까봐 잠시 걱정이 된다. 하지만 그는 미소를 지으며 내게 악수를 청한다.

"하비에르, 이쪽은 찰리야." 마르가가 그를 내게 소개시켜준다.

아이들이 내 다리에 부딪히고 내게 안기고 있는 듯한 느낌이 든다. 찰리가 내 온몸을 뒤흔드는 동안, 나도 그의 손을 있는 힘껏 잡는다. 그제야 아이들이 내게서 떨어져 어디론가 쪼르르 달려간다.

"하비, 이 집은 어때요?" 찰리는 진짜 성이라도 빌린 것처럼 시선을 들어 내 뒤를 쳐다보며 묻는다.

'하비.' 나는 생각한다. '이런 미친 짓.' 나는 생각한다.

그때 푸들이 다리 사이에 꼬리를 말아 넣고 낑낑거리며 나타나자, 마르가가 녀석을 집어 든다. 녀석이 마르가를 핥는 동안, 그녀는 코를 찡그리며 말한다. "불쌍한내새끼—불쌍한내새끼." 찰리는 무슨 말인지 이해하려고 애쓰는 듯이 머리를 갸웃 기울이며 마르가를 바라본다. 그러자 마르가는 놀란 표정으로 갑자기 그를 향해 돌아서며 말한다.

"아이들이 어디 있지?"

"저기 있을 거야." 찰리가 대답한다. "뒤뜰에."

"할아버지 할머니의 저런 모습을 아이들에게 보이고 싶
지 않단 말이야."

우리 셋은 좌우를 둘러보지만, 아무도 보이지 않는다.

"하비에르, 혹시라도 그런 일이 벌어질까봐 겁이 난다
니까." 마르가는 몇걸음 걸어가며 말한다. "얘들아!"

마르가는 집 뒤뜰을 향해 걸어간다. 찰리와 내가 그 뒤
를 쫓아간다.

"오는 길은 어땠어요?" 찰리가 묻는다.

그는 한 손으로 핸들을 돌리고, 다른 손으로 기어를 변
속하는 동작을 흉내 낸다. 그의 동작 하나하나에 우둔함과
흥분이 깃들어 있다.

"난 운전을 안 해요."

찰리는 가는 길에 있던 장난감을 주워 옆으로 치워둔다.
그가 허리를 숙이며 눈살을 찌푸린다. 나는 아이들이 내
부모와 뒤뜰에 같이 있을까봐 슬슬 걱정이 된다. 아니, 내
가 가장 두려운 것은 마르가가 아이들과 함께 있는 부모님
을 보고, 곧장 나를 사정없이 몰아세울지도 모른다는 점이
다. 하지만 마르가는 뜰 한가운데에서 혼자 허리에 주먹을
얹은 채 우리를 기다리고 있다. 우리 둘은 마르가를 따라
집 안으로 들어간다. 우리는 그녀를 가장 잘 따르는 하찮
은 남자들에 지나지 않는다. 그런 점에서 나는 찰리와 어
떤 공통점, 어떤 종류의 연관성을 가지고 있는 것 같다. 그

는 정말 즐거운 마음으로 고속도로를 달렸을까?

"얘들아!" 마르가가 계단에서 소리 지른다. 화가 머리 끝까지 났지만, 찰리가 자기에 대해서 아직 속속들이 알지 못하는 터라 꾹 참는다. 그녀는 돌아와 주방 의자에 앉는다. "뭐라도 좀 마실까?"

찰리는 냉장고에서 청량음료 한병을 꺼내 잔 세개에 따른다. 마르가는 몇모금 마시고 잠시 뜰을 내다본다.

"이거 참 큰일이네." 마르가가 다시 자리에서 일어난다. "이거 정말 큰일이라고. 그러니까 두분은 무슨 짓이라도 할 수 있다는 말이야." 그러고는 나를 빤히 쳐다본다.

"다시 찾아보자고." 내가 말한다. 마르가는 내 말이 끝나기도 전에 이미 뒤뜰로 걸어 나가고 있다.

몇초 뒤에 마르가가 돌아온다.

"저기도 없어." 그녀가 말한다. "이를 어쩌면 좋아, 하비에르. 아이들이 없단 말이야."

"아니야, 마르가. 애들이 가긴 어딜 가겠어. 틀림없이 이 부근 어딘가에 있을 거라고."

찰리는 현관문으로 나가 앞뜰을 가로질러 도로로 이어지는 자동차 바퀴 자국을 따라간다. 그사이 마르가는 계단을 올라 2층에서 아이들을 부른다. 나는 밖으로 나가 집 주변을 한바퀴 돈다. 장난감, 양동이, 플라스틱 삽으로 가득 찬 차고 — 마침 문이 열려 있다 — 앞을 지나간다. 가는 길에 무심코 위를 쳐다보다 마치 교수형이라도 당한 것처럼 나뭇가지에 대롱대롱 매달려 있는 아이들의 돌고래 풍선이 눈에 띈다. 자세히 보니 밧줄은 우리 부모님의 조깅복으로 만든 것이다. 마르가는 창가에 서서 밖을 바라보다 잠시 나와 눈이 마주친다. 그녀는 지금 아이들만 찾고 있을까, 아니면 내 부모도 찾고 있는 걸까? 나는 주방 문을 통해 안으로 들어간다. 바로 그때 현관문으로 들어온 찰리가 거실에서 내게 말한다.

"저 앞에는 없어요."

이제는 그의 표정도 더이상 다정스럽지 않다. 눈썹 사이에 주름살이 누출 잡히고, 마치 마르가의 조종을 받는 것처럼 과장되게 움직인다. 아이들을 깜짝 놀라게만 하면 금방 찾을 수 있다는 듯 테이블 아래에 웅크리고 있다가 도자기 장식장 뒤를 들여다보기도 하고, 계단 뒤를 엿보기도 한다. 꼼짝 않고 있다가도 갑작스럽게 움직인다. 그의 동작이 하도 유난스러워 잠시도 눈을 떼지 못하는 바람에, 집중해서 아이들을 찾을 수가 없다.

"밖에는 없어." 마르가가 말한다. "혹시 차에 간 게 아닐까. 차 안에, 찰리, 그 차 안에 있을지 모르니까 어서 가봐."

기다려본다. 하지만 그녀는 내게 아무 지시도 하지 않는다. 찰리가 다시 밖으로 나간 사이, 마르가는 다시 방으로 올라간다. 나는 마르가를 따라간다. 그녀는 먼저 시몬의 방으로 보이는 곳에 들어간다. 그래서 나는 리나의 방을 뒤진다. 우리는 서로 방을 바꾸어 다시 아이들을 찾는다. 시몬의 침대 밑을 보고 있는데, 마르가가 악을 쓰며 욕하는 소리가 들린다.

"빌어먹을!" 그녀가 아이들을 찾아서 내뱉은 욕이 아니라는 것을 직감한다. 그렇다면 혹시 우리 부모님을 찾은 게 아닐까?

우리는 화장실, 다락방, 안방을 함께 둘러본다. 마르가는 옷장을 열어 옷걸이에 걸린 옷을 옆으로 제친다. 옷장 안에 물건은 별로 없지만, 모두 깔끔하게 정리되어 있다. '여름 별장이로군.' 나는 속으로 중얼거린다. 내 아내와 아이들이 살던 진짜 집, 한때 나의 것이기도 했던 집을 돌이켜보면 우리 가족은 언제나 이런 식이었다. 그러니까 물건은 별로 없고 정리가 잘되어 있어서, 무언가를 찾으려고 옷걸이를 옆으로 제쳐본들 아무 소용이 없었다는 사실을 깨닫는다. 찰리가 다시 안으로 들어오는 소리가 들리고, 우리는 거실에서 그를 만난다.

"차 안에도 없더라고." 찰리가 내 아내에게 말한다.

"이게 다 당신 부모님 때문이야." 마르가가 말한다.

그녀는 내 어깨를 거칠게 밀친다.

"다 당신 때문이라고. 아이들은 대체 어디 있는 거지?" 그녀는 꽥 소리를 지르며 다시 뜰로 뛰어나간다.

마르가가 이리저리 돌아다니며 아이들을 부른다.

"저 덤불 뒤에는 뭐가 있죠?" 나는 찰리에게 묻는다.

그는 나를 빤히 바라보더니, 목이 터져라 고함을 지르고 있는 내 아내를 다시 쳐다본다.

"시몬! 리나!"

"저 덤불 너머엔 마을 주민이 살아요?" 내가 묻는다.

"아닐 거예요. 나도 잘 모르겠어요. 별장하고 사유지가 있어요. 집들이 굉장히 크죠."

찰리가 분명하게 말하지 못하고 머뭇거리는 데에는 그만한 이유가 있겠지만, 아무튼 그는 내가 만나본 사람들 중에서 가장 멍청한 것 같다. 마르가가 돌아온다.

"지나갈게." 마르가는 말이 끝나기 무섭게 나와 찰리를 밀치며 그 사이로 지나간다. "시몬!"

"아빠!" 나도 마르가를 뒤따르며 소리 지른다. "엄마!"

몇 미터 앞에서 걸어가던 마르가가 갑자기 걸음을 멈추더니 바닥에서 무언가를 집어 든다. 파란색이다. 마르가는 동물 사체라도 되는 것처럼 한쪽 끝을 잡고 있다. 리나의 스웨터다. 마르가가 돌아서서 나를 쳐다본다. 내게 무슨 말을 하려는 듯 입술을 달싹거린다. 아니, 욕설이라도 퍼부으려는 듯 나를 위아래로 훑어본다. 하지만 저 앞에 또다른 옷가지가 떨어져 있는 것을 보고 거기로 걸어간다. 내 뒤에서 찰리의 커다란 그림자가 어른거리는 듯한 느낌이 든다. 마르가는 리나의 자홍색 셔츠를, 조금 더 앞에서 리나의 운동화 한짝을, 그리고 더 앞에서 시몬의 티셔츠를 집어 든다.

가는 길에 옷가지가 더 있지만, 마르가는 갑자기 걸음을 멈추고 우리를 돌아본다.

"찰리, 경찰에 신고해. **지금 당장** 경찰에 신고하란 말이야."

"자기야, 그럴 것까지는 없잖아……" 찰리가 말한다.

'자기야.' 나는 생각한다.

"경찰에 신고해, 찰리."

찰리는 돌아서서 서둘러 집 쪽으로 걸어간다. 그사이 마르가는 옷을 더 집어 든다. 나는 그 뒤를 따라간다. 마르가는 옷 한벌을 더 집어 들고 마지막 옷 앞에서 걸음을 멈춘다. 시몬의 손바닥만 한 반바지다. 노란색인데, 약간 말려 있다. 마르가는 가만히 서 있다. 어쩌면 그 옷을 주우려고 허리를 구부릴 수 없거나 힘이 달려서 그런 건지도 모른다. 내게 등을 보이고 서 있는데, 몸이 떨리기 시작하는 것 같다. 나는 마르가를 놀라게 하지 않으려고 천천히 다가간다. 그 반바지는 내 두 손에 쏙 들어올 정도로 작다. 구멍 하나에는 손가락 네개가, 나머지 구멍에는 엄지가 들어갈 정도다.

"곧 도착한대." 찰리가 집에서 나오며 말한다. "순찰차를 보낸다고 하네."

"나는 당신과 당신네 가족을……" 마르가가 나에게 다가오며 말한다.

"마르가……"

내가 반바지를 줍자, 마르가가 내게 달려든다. 나는 넘어지지 않으려고 애를 써보지만, 균형을 잃고 만다. 그녀가 사정없이 따귀를 올려붙이는 새에 나는 두 손으로 얼굴을 가린다. 찰리가 달려와 우리를 떼어놓으려고 한다. 그때 순찰차가 문 앞에 도착해 사이렌을 한번 울린다. 경찰관 두명이 재빨리 차에서 내려 찰리를 도우러 달려온다.

"아이들이 없어졌어요." 마르가가 말한다. "아이들이 사라졌다고요." 그녀는 내 손에 매달려 있는 반바지를 가리킨다.

"이 남자는 누구죠?" 경찰이 묻는다. "남편이신가요?" 그들은 찰리에게 묻는다.

우리는 현재 상황을 설명하려 애를 쓴다. 내 예상과 달리 마르가도 찰리도 모든 걸 내 탓으로 돌리려는 생각은 없는 것 같다. 그저 아이들을 찾아달라고 애걸할 뿐이다.

"우리 아이들이 미친 사람 둘과 함께 사라졌어요." 마르가가 말한다.

하지만 경찰관들은 우리가 왜 싸우고 있었는지에만 관심이 있을 뿐이다. 찰리는 가슴이 들썩거릴 만큼 숨을 씩씩거린다. 혹시라도 그가 경찰관들에게 덤벼들지 몰라 잠시 겁이 났다. 나는 조금 전에 마르가가 내게 그랬던 것처럼 체념한 듯 두 손을 떨어뜨린다. 그 바람에 나중에 온 경찰관이 놀란 듯, 손끝에서 흔들거리는 반바지를 눈으로 좇는다.

"뭘 보는 거죠?" 찰리가 묻는다.

"뭐라고요?" 경찰관이 말한다.

"당신은 차에서 내리는 순간부터 저 반바지만 보고 있더군요. 아이 둘이 실종되었다는 걸 당장 누군가에게 알릴 생각이나 있는 겁니까?"

"내 아이들이라고요." 마르가가 말한다. 그녀는 경찰관 앞에 서서 그 말을 여러번 되풀이한다. 그녀는 경찰관들이 중요한 일에만 집중해주기를 원한다. "내 아이들, 내 아이들, 내 아이들이란 말이에요."

"아이들을 마지막으로 본 게 언제죠?" 다른 경찰관이 마침내 묻는다.

"아이들은 집에 없어요. 그들이 데려가버렸다고요."

"대체 누가 아이들을 데려갔다는 겁니까, 부인?"

나는 고개를 절레절레 흔들며 끼어들려고 했지만, 경찰관이 선수를 친다.

"그러니까 아이들이 유괴되었다는 말씀인가요?"

"아이들은 할아버지 할머니와 같이 있을 거예요." 내가 말한다.

"벌거벗은 두 노인네랑 같이 있겠죠." 마르가가 비아냥거리듯 말한다.

"그럼 이 옷은 누구 겁니까, 부인?"

"우리 아이들 거예요."

"아이들과 벌거벗은 어른들이 함께 있다는 말씀인가요?"

"제발 부탁이에요." 마르가가 갈라진 목소리로 말한다.

내 아이들이 내 부모와 함께 알몸으로 돌아다닌다는 것이 얼마나 위험한 일인지 처음으로 궁금해진다.

"어디에 숨어 있을지도 몰라요." 내가 말한다. "아직 그럴 가능성을 배제할 수 없어요."

"당신은 누구죠?" 경찰관이 묻는 사이, 다른 경찰관은 본부에 무전을 치고 있다.

"나는 남편입니다." 내가 말한다.

경찰관은 이제 찰리에게 시선을 돌린다. 그러자 마르가가 다시 그 앞을 가로막고 선다. 나는 마르가가 내 말을 부정하려고 그러는 줄 알고 내심 걱정했지만, 그녀는 이렇게 말한다.

"제발 부탁이에요. 내 아이들, 내 아이들 좀 찾아주세요."

먼저 온 경찰관이 무선 교신을 끊고 우리에게 다가온다.

"부모님은 차에 타세요. 그리고 신사분은……" 경찰관이 찰리를 가리킨다. "혹시 아이들이 돌아올지 모르니까 여기 계세요."

우리는 찰리를 멀뚱히 바라보고 있다.

"자, 어서 차에 타세요. 빨리 가야 하니까요."

"절대 안 가요." 마르가가 말한다.

"부인, 그러지 말고 어서 타세요. 일단 아이들이 고속도로 쪽으로 가지 않았는지 빨리 확인해야 됩니다."

찰리가 마르가를 순찰차 쪽으로 떠밀고, 나는 그 뒤를 따라간다. 우리는 차에 탄다. 나는 차가 이미 움직이고 있는 상태에서 문을 닫는다. 찰리는 그 자리에 선 채로 우리를 바라보고 있다. 나는 그가 우리 아이들을 뒤에 태우고 300킬로미터나 신나게 차를 몰고 왔는지 궁금해진다. 순찰차는 조금 후진하더니, 이내 전속력으로 고속도로를 향해 달리기 시작한다. 바로 그 순간, 나는 집 쪽으로 고개를 돌린다. 그들이 보인다. 그 네 사람이 모두 저기 있다. 찰리 등 뒤로, 앞뜰 너머로, 거실 창문 뒤로 벌거벗은 채 물에 흠뻑 젖은 내 부모와 아이들 모습이 어른거린다. 어머니는 유리창에 가슴을 비비고 있고, 리나는 그 장면을 넋을 잃고 쳐다보면서 그대로 따라 한다. 그들은 기쁨에 겨워 소리치지만, 아무 귀에도 들리지 않는다. 시몬도 엉덩짝을 실룩거리며 제 할머니와 리나를 흉내 낸다. 누군가 내 손에서 반바지를 낚아채려 하는데, 마르가가 경찰관들에게 욕설을 퍼붓는 소리가 들린다. 무전기에서 지직거리는 소리가 나자 경찰관들이 본부에 고함을 지른다. 그들이 "성인들과 미성년자들"이라는 말을 두번, "유괴"라는 말을 한번, "벌거벗은"이라는 말을 세번 내뱉는 동안, 내 전처는 운전석 후면을 주먹으로 친다. 나는 '조용히 있어' '한마디도 하면 안 돼' 하고 속으로 다짐한다. 아버지가 이쪽을 바라보는 모습이 보이기 때문이다. 햇볕에 그을려 구릿빛으로 변한 쭈글쭈글한 상체와 다리 사이로 축 늘어진 성기. 아버지는 의기양양하게 미소 짓는다. 표정으로 봐서는 나를 알아보는 것 같다. 아버지는 그 누구도 유리창에서 떼어내지 않은 채, 어머니와 아이들을 천천히, 따뜻하게 안아준다.

이 집에서는 항상 있는 일이다

웨이메르 씨가 우리 집 대문을 두드리고 있다. 묵직한 주먹으로 조심스럽게 반복해서 문을 두드리는 사람은 웨이메르 씨밖에 없다. 나는 접시를 싱크대에 두고 마당을 내다본다. 잔디밭에 또다시 옷가지가 흩어져 있다. 내가 보기엔 모든 일이, 심지어 가장 특이한 일마저도 늘 같은 순서로 일어나는 것 같다. 나는 순서에 따라 말을 하나씩 찾아가며 큰 소리로 또박또박 내뱉듯이 생각한다. 보통은 설거지하면서 이런 식으로 생각하는데, 아무 연관 없던 생각들이 수도꼭지만 틀어도 마침내 순서대로 이어진다. 그건 순간적으로 번득이는 영감일 뿐이라서 막상 어디에 적어놓으려고 하면, 수도꼭지를 잠근 것처럼 말들이 감쪽같이 사라져버린다. 웨이메르 씨가 다시 주먹으로 대문을 두드린다. 이번에는 훨씬 더 세게 두드린다. 하지만 그는 아내한테 구박받는 가엾은 이웃 남자일 뿐 절대 난폭한 사람이 아니다. 자기 인생을 어떻게 헤쳐나가야 할지 잘 모르는 사람이지만, 그렇다고 해서 그런 노력마저 포기하는 사람은 아니다. 언젠가 아들을 잃은 그에게 문상을 갔는데, 그는 나를 뻣뻣하고 차갑게 안아주더니 이내 다른 손님들과 이야기를 나누기 시작했다. 잠시 후 돌아온 그가 내 귀에 대고 속삭였다. "어떤 녀석들이 쓰레기통을 뒤엎어버렸는지 이제야 알았어요. 더이상 그런 걱정은 안 해도 될 것 같네요." 웨이메르 씨는 그런 사람이다. 그의 아내가 죽은 아들 옷을 우리 집 마당에 내던지면, 그는 그것을 주워가려고 대문을 두드린다. 사실상 우리 집 가장이나 다름없는 내 아들은 웨이메르 가족이 보름 건너 난장판을 벌일 때마다 '미친 짓'이라면서 화를 버럭 낸다. 그런 일이 일어날 때면 우리는 웨이메르 씨를 안으로 들여, 정원 여기저기 흩어져 있는 옷가지를 같이 주워준다. 그리고 그가 더이상 이런 일이 없을 거라고 하면, 우리는 고개를 끄덕이며 아무 일도 아니니까 너무 걱정할 것 없다고 하면서 그의 등을 토닥여준다. 하지만 그가 나간 지 5분 만에 그 아내의 악다구니를 다시 들어야 한다. 내 아들은 웨이메르 씨의 아내가 옷장을 열어보고 죽은 아들 옷이 나오자 소리를 지르는 것 같다고 말한다. "저 작자들이 지금 나랑 장난하자는 거야 뭐야?" 그런 일이 벌어질 때마다 내 아들은 소리를 버럭 지른다. "앞으로 또 그러면 옷을 다 태워버리겠어." 나는 문의 안전 고리를 푼다. 웨이메르 씨가 오른손을 이마에 올려 눈을 거의 다 가린 채 내가 나타나기를 기다리고 있다. 그는 피곤한 듯 천천히 팔을 내리며 내게 용서를 구한다. "귀찮게 해드리고 싶지는 않지만……" 문을 열자 그가 안으로 들어온다. 그는 이제 우리 마당으로 가는 길을 훤히 안다. 마침 냉장고에 시원한 레모네이드가 있어서, 그가 마당으로 가는 동안 두잔 따라 붓는다. 부엌 창문 너머로 그가 잔디밭을 이리저리 헤집고 다니면서, 죽은 아들의 옷이 주로 떨어지는 제라늄 꽃 주변을 맴돌고 있는 모습이 보인다. 나는 마당으로 나가며 그의 귀에 들리도록 일부러 스크린 도어가 쾅 닫히게 놔둔다. 그가 우리 집 마당에서 옷을 찾아가는 행동에는 내가 방해하고 싶지 않은 은밀한 무언가가 있기 때문이다. 나는 그에게 천천히 다가간다. 그는 한 손에 스웨터를 들고 천천히 일어난다. 다른 쪽 팔에 더 많은 옷가지가 걸려 있다. 보아하니 거기 떨어져 있던 옷을 다 찾은 것 같다. "이 소나무들은 누가 다듬었죠?" 그가 묻는다. "내 아들이 했어요." 내가 대답한다. "아주 멋져 보이는군요." 그는 소나무를 바라보면서 고개를 끄덕인다. 아주 작은 소나무 세그루인데, 아들은 조금 인공적이지만 독창적인 원통 모양으

로 다듬고 싶어했다. "레모네이드 좀 드세요." 내가 말한
다. 그가 주운 옷을 죄다 한 팔에 걸치자, 나는 잔을 건넨
다. 이른 시간이라서 그런지 아직 햇볕이 뜨겁게 내리쬐이
지는 않는다. 나는 조금 떨어진 곳에 있는 벤치를 곁눈질
로 힐끔 쳐다본다. 시멘트로 된 벤치인데, 이 시간이면 거
의 만병통치약처럼 따스한 느낌이 들어 좋다. "웨이메르."
나는 왠지 '웨이메르 씨'보다 그렇게 부르는 편이 더 따뜻
하게 느껴진다. 나는 생각한다. '내 말을 듣고, 그 옷을 모
두 버리세요. 부인이 바라는 건 그것뿐이니까요.' 하지만
아들의 옷가지를 창밖으로 내던지고 후회하는 쪽이 웨이
메르이고, 그 옷을 도로 주워 집에 들어오는 남편을 볼 때
마다 괴로워하는 쪽이 가엾은 그 아내일지도 모른다. 어쩌
면 그들 부부는 저 옷을 모두 커다란 쓰레기 봉지에 넣어
버리려고 했을지도 모른다. 그런데도 쓰레기 수거인이 현
관 벨을 눌러 그 봉지를 다시 돌려주었는지 모른다. 우리
집에서 아들이 입지 않는 옷을 쓰레기 봉지에 넣어버렸을
때에도 그랬으니까. "부인, 그러지 말고 어디에 기부하시
는 게 어때요? 이걸 그대로 트럭에 실으면 누구에게도 도
움이 되지 않으니까요." 한데 그 쓰레기 봉지는 아직도 세
탁실에 있다. 이번 주 내로 봉지 안에 있는 옷들을 갖다주
어야 하는데, 어디가 좋을지 모르겠다. 웨이메르는 기다린
다. 나를 기다리고 있다. 숱은 적지만 긴 흰머리, 턱에 듬성

듬성 나 있는 은빛 수염, 얼굴 크기에 비해 작은 데다 맑으면서도 흐릿해 보이는 눈동자를 희미한 불빛이 비춘다. 나는 아무 말 하지 않았지만, 웨이메르는 내가 무슨 생각을 하는지 알고 있는 눈치다. 그가 잠시 시선을 내리깐다. 그러고는 레모네이드를 마시면서, 우리 집 마당에 둘러쳐진 쥐똥나무 생울타리 너머 자기 집을 쳐다본다. 나는 지금 이 상황에서 쓸 만한 말이 없는지, 그러니까 그가 나름대로 노력하고 있다는 점을 인정하면서, 어떤 해결책이든 낙관적으로 두루뭉술하게 내놓을 수 있는 말이 없는지 속으로 궁리해본다. 그가 다시 나를 돌아본다. 아직 시작도 하지 않은 대화가 어디로 튈지 다 알고 있는 듯한, 아니면 적어도 알아내려고 안간힘을 쓰는 듯한 눈치다. "뭔가 제자리를 찾지 못하면……" 내가 말한다. 하지만 아직 마치지 못한 말이 허공에 맴돈다. 웨이메르는 고개를 한번 끄덕이고 기다린다. 맙소사. 나는 생각한다. 내가 이 남자와 마음이 통하다니. 10년 전에 그 집으로 넘어간 공을 바람 뺀 채로 우리 아들에게 돌려주던 이 남자와, 나의 진달래가 두 집을 가르는 가상의 선을 넘으면 가차 없이 꽃을 잘라버리던 이 남자와 말이다. "뭔가 제자리를 찾지 못하면……" 나는 그의 옷을 힐끗 보면서 하려던 말을 다시 꺼낸다. "자세히 말해보세요." 웨이메르가 말한다. "잘은 모르겠지만, 그밖에 다른 것들은 치워야겠죠." 자리를 비워야 해, 하고 나는 생각한다. 그러니까 세탁실에 놓아둔 쓰레기 봉지를 누가 가져가면 정말 좋을 텐데. "네." 웨이메르가 말한다. 이 말은 분명 '계속하세요'라는 뜻이다. 그 순간 현관문 소리가 들린다. 그건 웨이메르에게 아무런 의미도 없는 소리겠지만, 내게는 아들이 안전하게, 또 배고픈 채로 집에 있음을 의미한다. 나는 벤치 쪽으로 성큼 걸어가 앉는다. 시멘트 벤치에 남아 있는 온기가 웨이메르에게도 축복이 되리라 생각하며, 그에게 앉을 자리를 만들어준다. "옷은 내려놓으세요." 나는 그에게 말한다. 그도 그렇게 하려는 눈치다. 그는 옷가지 놓아둘 곳을 찾기 위해 주변을 두리번거린다. 그 모습을 보고 나는 생각한다. 웨이메르는 그렇게 할 수 있어. 아무렴 그렇고 말고. "어디다 놓죠?" 그가 묻는다. "저 원통 위에 놔두세요." 나는 키 작은 소나무를 가리키며 말한다. 웨이메르는 내가 시키는 대로 한다. 그는 거기에 옷을 놓고 손에 묻은 잔디를 털어낸다. "앉으세요." 그가 내 옆에 앉는다. 이제 이 노인네를 어떻게 해야 한담? 하지만 그에게는 나를 계속 밀어붙이는 무언가가 있다. 수도꼭지에서 나오는 물에 손을 댈 때 느낄 수 있을 법한 무언가가, 어떤 말을 할지 생각하면서 사실들, 그러니까 항상 같은 순서대로 일어나는 일들을 정리할 수 있게 해주는 차분함 같은 무언가가 있다. 웨이메르의 기대가 점점 부풀어 오르는 것 같다. 내 입에서 지시가 떨어지기만을 기다리고 있는 듯한 표정이다. 하지만 그건 내가 어떻게 해결할 수 없는 권한이자 책임이다. 그의 맑은 눈동자에 물기가 어린다. 엉뚱하게도 이것이야말로 우리의 마음이 서로 통한다는 것을 보여주는 결정적인 증거다. 나는 프라이버시의 여지를 남겨두지 않고 버젓이 그를 쳐다본다. 그도 그럴 것이, 지금 내게 이런 일이 일어나고 있다는 사실을 믿을 수도 없거니와, 그 사실이 주는 중압감을 견딜 수도 없기 때문이다. 나는 웨이메르를 옆에 앉히고, 이 문제를 해결할 수 있는 말을 하고 싶다. 나는 레모네이드 한잔을 쭉 들이켜고, 우리 모두에게 득이 될 만한 지시, 아니 울림이 있고 쓸모 있는 주문이 있는지 생각해본다. 가령 '당신이 예전에 바람을 뺀 공이 여럿 있잖아요, 그만큼만 우리 아들에게 사주면 다 잘될 거예요'라든지, '레모네이드 잔을 손에서 놓지 않고 울면, 부인도 더이상 옷을 내던지지 않을 거예요' '일단 옷을 모두 소나무 위에 놓아두세요. 만약 다음 날 아침에 날이 맑으면 문제가 말끔히 사라진다는 뜻이에요' 같은 것 말이다. 참, 내 정신 좀 봐. 새벽에 마지막 담배를 피우면서 세탁실에 둔 쓰레기 봉지를 내가 직접 버려도 되겠는데. 트럭에 탄 쓰레기 수거인이 다시 돌려주지 않도록 그 봉지에 다른 쓰레기를 잔뜩 넣어서 말이야. 아들 옷은 그렇게 버리면 되겠어. 무슨 일이 있어도 이번 주 안으로 처리해야지. 그러다 나는 생각의 끈을 놓치지 않기 위해 속으로 같은 말을 되풀이한다. '이 문제를 해결할 수 있는 말을 해봐.' 나는 어떤 말이든 여러번 반복했는데, 일단 밖으로 내뱉은 말은 어떻게든 효과를 발휘했다. 그런 말들은 아들이 내 곁을 떠나지 못하게 붙들어주었고, 남편을 쫓아냈으며, 설거지를 할 때마다 머릿속에 놀라울 정도로 완벽하게 자리 잡았다. 우리 집 마당에서 웨이메르는 잔에 남은 마지막 한방울까지 다 마신다. 그러자 마치 레몬의 효과 때문이기라도 한 양 눈에 눈물이 가득 고인다. 어쩌면 레몬 맛이 그에게 너무 강해서인지도 모른다. 더이상은 말의 효과가 아닌 순간, 혹은 말을 입 밖으로 내는 것 자체가 불가능한 순간이 있어서 그러는 것인지도 모른다. "네." 웨이메르는 몇초 전에 그렇게 말했다. 그 말은 '계속하세요' '부탁입니다'라는 뜻이었다. 이제 우리 둘은 거기 함께 들러붙어 있다. 시멘트 벤치 위에 빈 유리잔 두개, 그리고 벤치 위에 우리 몸도 함께. 바로 그 순간 내 눈앞에 꿈같은 광경이, 아니 속으로 바라던 장면이 나타난다. 아들이 스크린 도어를 열고 우리를 향해 걸어온다. 아들은 맨발로 잔디를 힘차게 밟으며 빠르게 걷는다. 아들은 우리와 집, 그리고 이 집에서 항상 같은 순서로 일어나는 모든 일에 분노한다. 아들의 몸은 웨이메르와 내가 두려움 없이, 간절하다시피 한 심정으로 기다리는 바대로, 엄청 빠르게 커지면서 우리를 향해 오고 있다. 이따금 남편을 떠올리게 하고, 눈을 질끈 감게 만드는 아들의 거대한 몸. 불과 몇 미터 떨어져 있고, 이제는 거의 우리 머리 위에 있다. 하지만 우리를 건드리지는 않는다. 다시 눈을 떠보니, 아들이 방향을 틀어 키 작은 소나무 쪽으로 걸어간다. 아들은 미친 듯 옷가지를 움켜쥐고 공 모양으로 똘똘 뭉치더니, 말없이 왔던 길로 되돌아간다. 이제 그 몸은 불빛을 등지고 있어 작고 멀리 있는 것처럼 보인다. "네." 웨이메르는 말하면서 한숨을 쉰다. 하지만 그건 방금 전과 똑같은 '네'가 아니다. 그보다 열려 있고, 꿈결처럼 들리는 '네'다.

깊은 곳에서 울려오는 숨소리

그 목록은 어떤 계획의 일부였다. 롤라는 자신이 지나치게 오래 산 데다, 삶이 너무 단순하고 하찮아서 이제 사라질 수 있을 만큼의 무게조차 없다고 생각했다. 롤라는 아는 이들의 경험을 면밀히 검토한 끝에 아무리 노년기라도 죽으려면 치명타가 필요하다는 결론을 내렸다. 감정적으로 타격을 받든, 육체적으로 타격을 받든 간에. 그런데 롤라는 자신의 육체에 그 어떤 치명타도 가할 수 없었다. 그녀는 죽고 싶었지만, 매일 아침 여지없이 다시 잠에서 깨어났다. 반면 그녀가 할 수 있는 것이라고는 모든 일을 그런 방향으로 계획하면서, 자신의 삶을 무디어지게 하고 삶의 공간을 서서히 줄여 완전히 사라지게 만드는 것밖에 없었다. 이런 것들, 그리고 이와 더불어 중요한 것에 집중하는 것이 리스트의 핵심이다. 롤라는 주의가 흐트러졌을 때, 어떤 일 때문에 기분이 상하거나 산만해져서 자신이 무슨 일을 하고 있었는지 잊어버렸을 때 그 목록을 들추어 보곤 했다. 그건 아주 짤막한 목록이었다.

모든 것을 분류할 것.
필요 없는 물건은 기부할 것.
중요한 것은 잘 싸둘 것.
죽음에 집중할 것.
그가 참견하면, 무시해버릴 것.

그 목록의 도움으로 롤라는 어느 정도 머리를 쓸 수 있었지만, 자신의 참담한 몸 상태에 대해서는 아무런 해결책도 찾지 못했다. 그녀는 이제 5분 이상 서 있기가 힘들었다. 척추에만 문제가 있는 것도 아니었다. 가끔 호흡이 가빠지면서 평소보다 더 많은 공기를 들이마셔야 할 때도 있었다. 그럴 때면 숨을 최대한 들이마신 다음, 귀에 거슬리면서도 무거운 소리와 함께 숨을 내쉬었다. 그런데 롤라는 자기 몸에서 어떻게 저런 이상한 소리가 나오는지 결코 이해할 수 없었다. 한밤중 침대에서 화장실로, 다시 화장실에서 침대로 걸어갈 때 그런 소리를 들으면 어떤 조상이 자기 목에서 숨을 쉬는 것만 같았다. 폐부 깊숙이에서 나는 그 소리는 불가피한 육체적 필요성의 결과였다. 그 소리를 숨기기 위해, 롤라는 숨을 내쉴 때마다 의도적으로 향수를 불러일으키는 휘파람소리를 냈다. 그건 그녀의 마음속에 서서히 자리 잡아가고 있던 씁쓸하면서도 체념한 듯한 멜로디였다. 중요한 건 모두 그 목록에 있어. 롤라는 무기력에 빠져 꼼짝도 못할 때마다 속으로 다짐하곤 했다. 그 나머지에 대해서는 신경 쓸 겨를이 없었다.

*

그들은 말없이 아침을 먹었다. 그는 어떤 음식이든 처음부터 끝까지 모두 롤라가 원하는 대로 준비했다. 통밀빵 토스트를 만들고, 과일 두개를 작은 조각으로 썰고 섞은 다음, 다시 접시 두개에 나누어 담았다. 식탁 한가운데에는 설탕과 화이트치즈를 놓고, 그녀의 커피잔 옆에는 저칼로리 오렌지 마멀레이드를, 그리고 그의 커피잔 옆에는 둘세 데 바타타*와 요구르트를 놓았다. 신문은 그의 것이지만, 건강 및 웰빙 면은 주로 그녀가 봤다. 신문은 그녀가 아침식사를 마치고 볼 수 있도록 접어서 그녀의 냅킨 옆에 두었다. 그녀가 버터나이프를 손에 들고 그를 쳐다보면,

* 고구마로 만든 젤리 형태의 디저트로, 주로 아르헨티나·우루과이·브라질 등지에서 먹는다.

그는 토스트를 담은 접시를 그녀에게 건네주었다. 그녀가 식탁보의 특정한 부분을 뚫어지게 바라보면, 그는 그대로 내버려두었다. 그건 무언가 다른 일이, 그가 함부로 끼어들 수 없는 일이 일어나고 있다는 것을 알고 있었기 때문이다. 그녀는 그가 빵을 씹고 커피를 마시면서 조용히 신문을 넘기는 모습을 지켜보았다. 그녀는 하얗고 가느다란 손가락에 손톱마저 단정하게 다듬어 이제 전혀 남자답지 않은 손과 다 빠지고 얼마 남지 않은 머리카락을 보았다. 하지만 그녀는 그 점에 대해서 엄청난 결론에 도달하지도, 결정을 내리지도 않았다. 다만 그를 바라보면서 그간 한 번도 분석해보지 않은 구체적인 사실들을 떠올렸다. '내가 이 남자와 결혼한 지 벌써 57년이나 됐네.' '이게 지금 내 인생이야.' 그들은 아침식사를 마치고 빈 접시와 잔을 싱크대에 갖다 놓았다. 그가 작은 의자를 가져 오면, 그녀는 거기 앉아 설거지를 했다. 그 의자에 앉으면 팔꿈치를 싱크대 가장자리에 올려놓을 수 있었기 때문에 힘들게 등을 구부린 채 설거지를 할 필요가 없었다. 그에게 설거지를 맡기면 아무 문제 없이 했을 테지만, 그녀는 그런 일로 그에게 신세를 지고 싶어하지 않았다. 그래서 그는 그녀가 하도록 그냥 내버려두었다. 롤라는 그날의 텔레비전 프로그램 편성표와 그 목록을 생각하면서 설거지를 했다. 그녀는 목록을 두번 접어 앞치마 주머니에 넣고 다녔다. 그것을 펼치면, 종이 가운데에 하얀 십자가 모양이 보였다. 그녀는 조만간 그 종이가 찢어지리라는 것을 알고 있었다. 가끔 롤라에게 시간이 더 필요한 날도 있었다. 그런 날에는 설거지를 다 마치고 나도, 아직 나머지 일을 계속할 마음의 준비가 되지 않아 작은 스푼의 금속과 플라스틱 사이에 끼어 있는 때와 설탕 그릇 뚜껑에 붙어 있는 축축한 설탕 알갱이, 그리고 주전자의 녹슨 바닥과 수도꼭지 주변에 허옇게 낀 물때를 한참 동안 벅벅 문지르곤 했다.

물론 롤라가 요리할 때도 가끔 있었다. 그런 날이면, 그는 의자를 부엌으로 가져왔고 그녀가 부탁한 모든 것을 준비해주었다. 사실 그녀가 전혀 움직일 수 없던 것은 아니다. 무언가 중요한 일이 있으면, 그녀도 충분히 움직일 수 있었다. 하지만 고질적인 척추와 호흡기 질환으로 인해 움직이기가 너무 어려웠던 터라, 그녀는 그가 더이상 자기를 도와줄 수 없을 때에 대비해 힘을 아끼고 있었던 것이다. 반면 세금 문제와 정원 손질, 장보기 등 집 밖에서 이루어지는 모든 일은 그가 처리했다. 그녀가 목록 — 또다른 목록, 즉 쇼핑 목록 — 을 만들면, 그는 거기 적힌 대로 사 왔다. 만약 하나라도 빠진 것이 있으면 다시 나가서 사 와야 했고, 쇼핑 목록에 없는 물건을 사 오면 그녀는 그게 무엇인지, 또 가격이 얼마인지 물었다.

그는 때때로 핫초코를 샀는데, 그것은 아들이 아프기 전에 그랬던 것처럼 우유에 타서 마시도록 분말로 되어 있었다. 둘 사이에서 태어난 아들은 그때만 해도 부엌 찬장보다 더 작았다. 그런데 그 아이는 오래전에 세상을 떠났다. 자식을 위해 모든 것을 바칠 수도 있고 모든 것을 잃을 수도 있지만, 이 세상을 살다보면 온갖 일을 다 겪게 되지만, 그리고 찬장에서 크리스털 잔을 꺼내 바닥에 내동댕이치고 맨발로 지근지근 밟으면서 화장실로 가는 길을, 화장실에서 부엌으로, 또 부엌에서 화장실로 가는 길을 온통 피범벅으로 만들고 있던 그녀를 집에 마침 도착한 그가 간신히 진정시켰지만, 아들은 결국 그들 곁을 떠나고 말았다. 그때부터 그는 장을 보러 갈 때 비록 가장 경제적인 선택은 아니지만 250그램짜리 보드상자에 든 가장 작은 핫초코를 사곤 한다. 물론 가장 경제적인 핫초코는 쇼핑 목록에 없었지만, 사가지고 가도 그녀가 잔소리를 퍼붓지 않는 유일한 물건이었다. 그녀는 그 상자를 찬장 상단, 소금과 각종 향신료 뒤에 두었다. 그러던 어느 날, 그녀는 한달 전에 거기 놓아둔 상자가 없다는 것을 발견했다. 그가 코코아 분말을 우유에 타서 먹는 것을 한번도 본 적이 없던 그녀로서는 그 상자가 어디로 사라졌는지 알 도리가 없었다. 하지만 그 일이라면 차라리 묻지 않는 편이 나을 것 같았다.

그들은 롤라가 텔레비전에서 본 것 중에서 신중하게 고른 건강식품을 먹었다. 그들이 아침, 점심, 저녁으로 먹는 음식은 모두 언젠가 풍부한 비타민과 저칼로리에 유전자 변형 성분이 들어 있지 않다는 광고에 나왔던 것들이다. 드문 경우지만, 그녀가 새로 나온 제품을 쇼핑 목록에 넣을 때도 있었다. 그럴 때면 그녀는 그가 들고 온 봉지들을 뒤져 그것을 찾아낸 다음, 창가에 서서 햇빛에 그것을 비추어보곤 했다. 그녀는 건강에 좋은 제품에 포함되어야 할 것과 포함되어서는 안 되는 것이 무엇인지 훤히 꿰고 있었다. 11시 쇼의 페테르손 박사처럼 텔레비전에 나와 사람들에게 이런 문제에 대해 조언을 해주는 좋은 의사들과 영양학자들이 있었다. 광고를 보다가 무언가 의심스럽거나 모순되는 점을 발견하면, 롤라는 그 즉시 고객 서비스센터에 전화를 걸어 담당자를 바꾸어달라고 했다. 언젠가 한번은 그녀가 불만을 제기했지만 회사는 환불해주지 않으려고 했다. 그런데 그다음 날, 그녀는 24개 들이 복숭아 크림 요구르트 한 상자를 받았다. 그들은 그 주에 먹을 요구르트를 이미 다 사놓았던 데다, 보내준 요구르트의 소비 기한이 너무 촉박한 듯했다. 그녀는 수시로 냉장고 문을 열어 안에 수북이 쌓여 있는 요구르트를 보고 불안해했다. 제때 먹지 않으면 상할 수도 있었기 때문에, 그것들을 어떻게 해야 할지 난감했다. 그녀는 그런 사실을 그에게 여러차례 이야기했다. 그녀는 그 문제에 대해 뭔가 조치를 취해야 하는데, 자신의 능력으로는 도저히 할 수 없다는 점을 그가 이해해주기 바라면서 복잡한 사정을 설명했다. 그러던 어느 날 오후, 그녀는 더이상 견딜 수 없게 되었다. 특별히 무슨 일이 일어났던 것은 아니다. 다만 냉장고 문을 열어 그 안에 그대로 남아 있는 요구르트를 볼 자신이 없다는 것을 알았을 뿐이다. 그래서 그녀는 간식을 커피 한잔으로 때웠다. 그녀는 자신이 분노를 느꼈다는 것을 은근히 부끄러워했지만, 아무런 해결책을 기대할 수도 없고, 싸울 수단도 없다는 사실에 여전히 분노를 느꼈다. 마침내 그가 요구르트를 가져갔을 때, 그녀는 아무것도 묻지 않았다. 그녀는 의자를 냉장고로 옮기고 문을 열었다. 그러고는 거기 걸터앉아 그르렁거리는 숨소리를 숨기기 위해 몸을 홱 움직여 간신히 휘파람을 불면서 냉장고 선반을 청소하고 안에 남은 물건들을 다시 정리했다.

*

그녀는 텔레비전 뉴스만이 아니라 부엌 창문을 통해서도 세상에 대해 많은 것을 배울 수 있었다. 동네가 더 위험해졌다. 예전보다 더 빈곤해졌고, 더 지저분하게 변했다. 그녀가 살던 거리만 해도 빈집이 적어도 세채나 있었다. 대부분 잡초가 무성하게 자라 있었고, 앞마당에는 우편물이 수북이 쌓여 있었다. 밤에는 길모퉁이에 있는 가로등만

켜져 있었는데, 그나마 나무에 가려 있으나 마나였다. 더구나 마약쟁이로 보이는 한무리의 어린 남자아이들이 거의 언제나 그녀의 집에서 몇 미터 떨어진 연석緣石에 새벽까지 죽치고 앉아 있었다. 때때로 그들은 고래고래 소리를 지르거나 바닥에 병을 던졌다. 그리고 며칠 전에는 그녀의 집 울타리 한쪽 끝에서 반대쪽 끝까지 실로폰처럼 쇠창살을 치며 달리는 게임을 하며 소란을 피우기도 했다. 하필이면 그녀가 잠을 자려고 하던 밤 시간에 말이다. 그녀는 옆 침대에서 자던 그에게 어떻게 좀 해보라고 쉬쉬 소리를 냈다. 그는 잠에서 깨어났지만 나가서 아이들에게 한마디 하기는커녕, 머리맡에 기대어 앉은 채 잠자코 있었다. 둘은 시끄러운 소리를 들으며 말없이 앉아 있었다.

"저러다 울타리를 다 긁어놓겠어." 롤라가 먼저 입을 열었다.

"어린애들일 뿐이야."

"남의 집 울타리를 긁어놓는 어린애들이지."

하지만 그는 침대에 앉아 꼼짝도 하지 않았다.

울타리 건은 분명히 얼마 전에 새로 들어온 이웃과 관련이 있었다. 그들은 일주일 전에 바로 옆집을 점거했다. 그들은 낡아 빠진 트럭을 타고 그 집 앞에 멈추어 섰다. 그들은 거의 15분 동안 시동을 켜둔 채 계속 그 자리에 차를 세워두었는데, 그때까지는 아무 일도 일어나지 않았다. 롤라는 하던 일을 멈추고, 계속 창가에 서서 기다렸다. 조심해서 행동해야 한다고 속으로 다짐했다. 낌새를 보니 새로 온 가족이 그 집을 샀거나 임대한 것 같지는 않았다. 마침내 트럭 문 하나가 열렸다. 그 장면을 보고 롤라의 입에서 휘파람 같은 긴 한숨 소리가 새어 나왔다. 그녀는 마치 그들이 오랫동안 망설인 끝에 마침내 자기의 하루를 망치기로 결정이라도 한 것처럼 씁쓸한 기분이 들었다. 바싹 마른 여자가 차에서 내렸다. 롤라는 여자의 뒷모습만 보고 십대 소녀일지도 모른다는 생각을 했다. 긴 머리를 풀어 헤친 데다 아주 캐주얼한 옷차림을 하고 있었기 때문이다. 하지만 여자가 돌아서서 차 문을 닫는 순간, 롤라는 그녀가 마흔살가량 먹었다는 걸 알아차렸다. 시동이 꺼지고 아까 그 문이 또 열렸다. 이번에는 열두살이나 열세살쯤 되어 보이는 남자아이가 내렸다. 그리고 반대편 문에서 파란색 작업복을 입은 건장한 남자가 내렸다. 그들의 소지품이 많지 않은 걸로 봐서는 집 안에 이미 가구가 비치되어 있는지도 몰랐다. 롤라는 싱글 매트리스 두개, 테이블 하나, 의자 다섯개 — 짝이 맞는 것이 하나도 없었다 —, 그리고 대략 여남은개의 가방과 트렁크를 보았다. 남자아이는 묶지 않은 물건을 맡았다. 여자와 남자는 나머지 물건을 옮기다가, 간간이 그것들을 어떻게 내리고 옮길지 의논하기도 했다. 이제 트럭에는 짐이 하나도 남지 않았다. 남자는 작별인사도 하지 않고, 창문을 올리기 전에 손만 흔들고 떠났다.

그날 밤, 롤라는 이번 이사가 의미하는 문제점을 알려주기 위해 그와 대화를 하려고 했다. 그들은 결국 언쟁을 벌이고 말았다.

"사람이 왜 그렇게 색안경을 쓰고 세상을 보는 거지?"

"이 집에서 누군가는 가장 노릇을 해야 하니까."

*

롤라의 집 뒷마당은 뒤로 갈수록 땅이 약간 솟아 있었다. 그는 마당 끝자락의 몇 미터 땅을 구획한 다음, 거기에 자두나무 두그루와 레몬나무 한그루를 심고 작은 텃밭을 만들어 향신료 식물과 토마토를 심었다. 그는 오후에 거기서 몇시간씩 보내곤 했다. 롤라가 그를 부르려고 부엌 창문 밖을 내다보면, 그는 대개 자기 땅과 이웃집 땅을 가르는 나무 울타리 옆에 쭈그리고 앉아 있었다. 아니면 울타리 맞은편에 있는 남자아이와 이야기를 나눌 때도 있었다. 옆집에 새로 이사 온 아이일지도 모르지만, 확실하진 않았다. 롤라가 있는 곳에서는 정확히 알아보기가 어려웠다. 그날 밤, 저녁을 먹는 동안 롤라는 그가 상황을 자연스럽게 설명하기를 기다렸다. 그런 일은 살다가 처음 겪는 터라 어떤 식으로든 짚고 넘어가야 했다. 더구나 그 이야기를 꺼내는 것은 당연히 그의 몫이었고, 저녁식사 자리가 가장 좋을 것 같았다. 그래서 밤이 되자 롤라는 텔레비전을 끄고 그에게 오늘 하루는 어땠느냐고 물으며 운을 뗐다. 롤라는 기다렸다. 그가 은행에서 종종 만나던 포커 친구에 관한 뻔한 이야기를 들었다. 슈퍼마켓에 관한 이야기도 들었다. 지난번에 거기서 지옥 같은 사고를 겪은 뒤로 롤라는 그 슈퍼마켓이라면 치를 떨었고, 그 역시 이 점을 잘 알고 있는데도 말이다. 롤라는 또 하수도 문제 때문에 도심 일대의 교통이 통제된다는 이야기와 거의 모든 일에 관한 뻔한 의견을 들었다. 하지만 그는 남자아이에 관해서는 일절 말이 없었다. 그가 뒷마당에서 그 아이를 만난 것이 처음이 아닐 수도 있다는 생각이 들자 롤라는 정신이 번쩍 들었다.

며칠 동안 초조하게 지켜보던 롤라는 그가 뒷마당에 나가면 그 아이가 곧장 쪼르르 달려온다—그 반대가 아니라—는 사실을 알게 되었다. 둘이 함께 있는 모습을 보면 냉장고에 수북이 쌓여 있는 복숭아 크림 요구르트 스물네 개처럼 뭔가 잘못된 듯 거북한 느낌이 들었다.

그러던 어느 날 오후 그 아이는 그가 텃밭에서 일하는 동안, 울타리를 넘어 와 의자에 앉았다. 그들의 의자였다. 그 아이가 무슨 말을 하면, 둘은 함께 웃었다. 언젠가 롤라는 커튼 뒤 창가에 서 있다가 갑자기 핫초코가 떠올라 깜짝 놀란 적이 있었다. 그녀는 자기가 뭔가를, 그때까지 전혀 생각하지 못했던 뭔가를 놓쳤을 수도 있다는 생각이 들었다. 그녀는 당장 부엌으로 가 찬장을 열고, 소금과 향신료를 옆으로 치웠다. 핫초코 상자가 열려 있어서 안을 보니 얼마 남아 있지 않았다. 그녀는 그 상자를 꺼낼까도 생각했지만, 그게 그렇게 간단하지 않다는 것을 깨달았다. 부엌은 그녀의 영역이었다. 부엌에 있는 모든 것은 그녀의 의도와 계획에 따라 정리되어 있었고, 부엌은 그 집에서 그녀가 모든 것을 관리하고 지배하는 유일한 공간이었다. 하지만 핫초코의 경우는 사정이 달랐다. 그녀는 상자의 그림을 손으로 만지면서 마당을 내다보았다. 그것 말고는 아무것도 할 수 없었다. 그녀는 자기가 뭘 하고 있는지조차 제대로 이해하지 못했다. 그녀는 찬장을 닫은 다음, 부엌문을 닫고 나갔다. 그러고는 거실로 가서 소파에 앉았다. 모든 일은 천천히 일어났지만, 이와 동시에 그의 몸이 하나하나의 동작을 허용하는 만큼 빠르게 일어났다. 그녀는 주머니에 손을 넣은 채 목록을 어루만졌다. 목록이 아직 거기 있다는 사실만으로도 커다란 위안이 되었다.

*

    가끔 건조하고 따스한 날이면, 롤라는 앞마당으로 나가 아프리카봉선화*, 초롱꽃, 진달래의 상태를 확인하곤 했다. 집 여기저기에 물을 주는 일은 그의 몫이었지만, 앞마당의 정원은 거리에서 가장 많이 눈에 띄었기 때문에 특별한 관리가 필요했다. 그래서 그녀는 나름대로 노력을 하면서 꽃의 상태와 토양의 습도를 면밀히 확인했다. 그날 아침, 옆집 여자와 남자아이가 보도를 지나가고 있었다. 여자는 고개를 까딱하며 인사했지만 롤라는 답할 엄두도 내지 못한 채, 그 자리에 서서 코트 차림에 백팩을 메고 지나가는 그들의 모습을 멀뚱히 바라보았다. 롤라는 이와 같이 새로운 상황, 즉 그 시간에 마당으로 나가 식물을 살펴보는 것이 초래할 문제, 지속적으로 중단해야 될 가능성을 검토해야 했다. 가슴이 답답해서 숨을 깊이 들이마셨다가, 의사가 가르쳐준 리듬에 맞춰 휘파람소리를 내며 내쉬었다. 롤라는 집 안으로 들어가 문의 안전 고리를 잠그고 의자에 털썩 앉았다. 그녀는 자신이 매우 위험한 상황에 처해 있다는 것을 알고 있었다. 우선 호흡의 리듬을 의식하면서 서서히 그 리듬을 완만하게 만드는 데 온 정신을 집

* 남아프리카가 원산지인 봉선화과의 여러해살이풀로 관상용이다.

중했다. 잠시 후, 그가 리모컨을 찾아 엉덩이 아래를 더듬거리다 텔레비전을 켰다. 무엇보다 그녀는 목록을 계속 작성해야 하고, 계속 모든 것을 분류하고 중요한 것을 잘 싸두어야 된다는 생각이 들었다. 이제 시간이 얼마 남지 않았다. 그녀는 자신이 곧 죽으리라는 것을 알고 있었다. 저녁식사를 준비할 기운조차 없어 식품점에 주문하려고 전화를 걸었을 때, 주인 여자에게도 자신이 처한 상황을 분명히 밝혔다. 그리고 부엌의 정수기에 넣을 5리터짜리 새 생수통을 들고 온 남자에게도 그 문제에 관해 이야기를 나누었다. 롤라는 자신이 그런 식으로 숨을 쉬는 이유와 폐의 산소 공급 문제, 그리고 이에 따른 위험성과 결과 등에 관해 그들에게 조목조목 설명했다. 언젠가 생수회사 직원에게 자신이 작성한 목록을 보여주자, 그는 깊은 인상을 받은 듯했다.

하지만 무언가 잘못된 것 같았다. 예상과 달리 세상은 아무 일 없이 돌아가고 있었다. 그녀의 의도가 그렇게 분명한데, 그녀의 몸은 왜 매일 아침 아무 탈 없이 깨어났던 것일까? 그건 너무 이상하고 잔인한 일이었다. 롤라는 이제 최악의 상황을 두려워하기 시작했다. 죽음은 자신이 더이상 감당할 수 없는 노력을 요구할지도 모른다는 것을 말이다.

몇년 전, 아직 롤라가 슈퍼마켓에 가서 장을 볼 때의 일
이다. 롤라는 슈퍼마켓 화장품 코너에 갔다가 안이 거의
비어 있는 핸드크림을 발견했다. 실제로 그 안에 알로에
베라가 들어 있어서, 뚜껑을 열 때마다 그 냄새를 맡을 수
있었다. 그녀는 꽤나 많은 시간과 돈을 들여 다른 여러가
지 브랜드의 제품을 사용해보았다. 이제는 그를 시켜 다
른 크림을 사 오게 했는데, 가격이 다른 제품의 절반도 안
되는데다 품질도 형편없었다. 그녀는 아무런 설명도 하지
않고 그에게 다른 것을 사 오라고 할 수도 있었지만, 그랬
다가는 크림 하나 사는 데 그렇게 많은 돈을 썼다는 사실
이 탄로 날지도 모를 일이었다. 가끔은 슈퍼마켓에서 핸드
크림을 사던 때가 그리웠다. 그녀가 듣기 싫어한다는 것을
너무나 잘 알면서 그가 저녁식사 시간에 아무리 집요하게
슈퍼마켓 이야기를 꺼낸다고 할지라도 그녀는 절대로 거
기에 다시 갈 생각이 없었기 때문이었다. 그날 오후 슈퍼
마켓에서 그 끔찍한 사건을 겪은 뒤로, 다시는 거기에 발
을 들여놓지 않겠다고 결심한 그녀였다. 그건 그녀가 또렷
하게 기억하고 있는 몇 안 되는 일 중 하나였고, 그때 상황
을 떠올릴 때마다 수치심으로 얼굴이 화끈거렸다. 그도 그
사건을 기억하고 있을까? 그가 거기 도착했을 때 본 것만

알고 있을까? 아니면 목격자들이 나중에 그에게 사건의 전모를 알려주었을까?

*

시계를 보니 새벽 3시였다. 옆 침대에서 자고 있는 그의 숨소리가 들렸다. 코를 골지는 않았지만, 숨소리가 낮고 굵어서 자꾸 거슬렸다. 롤라는 어차피 곧장 잠들기는 글렀다고 생각했다. 그녀는 힘이 날 때까지 깨어 있는 채로 잠시 기다렸다. 그녀는 가운을 걸치고 화장실에 가서 한동안 변기에 앉아 있었다. 그녀는 세수를 하거나 양치질을 하고, 아니면 머리를 빗는 것 등, 자기가 할 수 있는 일이 무엇인지 생각했지만, 문제는 그런 게 아니라는 것을 이내 깨달았다. 그녀는 화장실을 나와 불을 켜지 않은 채 복도를 거쳐 부엌을 향해 갔다. 복도에는 책장 선반에 가지런히 꽂혀 있는 그의 『내셔널 지오그래픽』, 그리고 침대 시트와 타월이 든 서랍장이 어렴풋이 보였다. 현관문으로 간 그녀는 자기가 왜 거기까지 갔는지 궁금해졌다. 부엌으로 간 그녀는 성냥을 찾아 가스레인지에 불을 붙였다. 그러고는 곧장 불을 껐다. 그녀는 찬장 아래에 부착된 형광등을 켜고, 찬장 문을 열어 식료품 보관 상태가 양호한지 확인했다. 향신료를 옆으로 밀자, 아직 뜯지 않은 핫초코 상자가 보였다. 그녀는 숨이 조금 가빠지는 것을 느꼈다. 당장 뭔가를 하지 않으면 안 될 것 같은 절박한 느낌이 들었지만, 정확히 무엇을 해야 하는지 알 길이 없었다. 그녀는 조리대에 몸을 기댄 채 숨을 가누었다. 창밖 앞마당은 어둠에 잠겨 있었고, 가로등 두개 중 하나는 꺼져 있었다. 그차가 보였고, 맞은편에 있는 이웃집의 불은 모두 꺼져 있었다. 그림자 하나가 거리에서 움직이더니, 곧장 그녀의 집 마당으로 들어와 부엌 바로 앞에 있는 나무 뒤로 다가왔다. 그녀는 숨을 죽였다. 그녀는 재빨리 뒤로 물러나 벽에 손을 뻗어 불을 껐다. 이처럼 긴박한 상황에서 그녀의 몸은 아무런 고통도 느끼지 않고 민첩하게 반응했지만, 그런 것 따위에 연연하지 않기로 마음먹었다. 그녀는 어둠 속에 가만히 서서 그 나무를 뚫어지게 쳐다보았다. 그녀는 잠시 그렇게 기다리며 점점 더 깊은 숨을 내쉬었다. 그러다 숨결이 다시 휘파람소리로 변할 때쯤, 그녀는 밖에 아무도 없다고 확신했다. 바로 그 순간, 그녀는 누군가가 빛을 등진 채 나무의 검은 줄기 뒤에 숨어 있는 것을 보았다. 누군가 거기에 있는 것이 분명했다. 그녀가 혼자 부엌에서 가쁜 숨을 몰아쉬며 간신히 몸을 가누고 있는 동안, 그는 업어 가도 모를 정도로 깊은 잠에 빠져 있었다. 발을 움직이지 않아도 손이 닿을 정도로 핫초코 상자에 가까이 있던 그녀는 잠시 생각에 잠겼다. 나무 뒤에 숨어 있는 이가 바로 옆집 남자아이일지도 모른다는 생각이 들었다. 그녀는 창문을 살짝 열었다. 그러자 길 건너편의 개가 울타리 뒤에서 짖어댔다. 검은 몸통은 몇초 동안 꼼짝도 하지 않았다. 그녀는 다섯걸음 뒤로 물러나, 아직 나무가 내다보이는 부엌문까지 갔다. 거기서 인터폰 수화기를 들고 통화 버튼을 눌렀다. 그녀의 쉰 듯한 휘파람소리가 열린 창문을 통해 마당에서 들려 왔다. 그녀는 수화기를 올려놓고, 잠시 후 개 짖는 소리가 멈출 때까지 떨리는 손으로 인터폰을 잡고 서 있었다.

*

슈퍼마켓 사건이 일어난 날은 유난히 더웠다. 물론 롤라가 이제 기억하지 못하는 것도 있지만, 그 일에 대해서라면 누구보다도 더 훤히 꿰고 있다. 그녀가 정신을 잃었던 것은 그때 벌어진 일 때문이 아니라, 무더위 때문이었다. 의사, 앰뷸런스, 그녀 주변을 둘러싼 모든 것이 너무 허황되고 황당해서 충분히 모면할 수 없는 봉변처럼 보였다. 그녀는 현장에 있던 계산원과 경비원과 지난 수년 동안 알고 지낸 데다, 일주일에 두번 이상 서로 인사를 나누던 사이였다. 그래서 그녀는 두 여자들이 조금 더 적극적으로 나서줄 거라고 기대했지만, 그들은 마치 그런 일을 생전 처음 보는 사람처럼 넋을 잃고 멍하니 그 장면을 바라보기만 했다. 반면 안면이 있는 손님들과 이웃들은 그녀가 바닥에 쓰러진 다음, 들것에 실려 가는 모습을 놀란 표정으로 지켜보았다. 롤라는 수다쟁이도 아니었고 그들 중 누구와도 진정한 우정을 나누지 않았을 뿐더러, 그럴 마음도 전혀 없었다. 더구나 그녀는 그 상황을 직접 해명할 기회가 없었기 때문에 모든 것이 부끄러워 견딜 수 없었다. 그녀는 그때의 일을 생각할 때마다 씁쓸한 기분이 들었다. 특히나 세부적인 장면, 예를 들면 앰뷸런스에 타려고 슈퍼마켓 밖으로 실려 가는 동안, 배달 트럭에 타고 있던 두 남자의 시선을 피하려고 일부러 눈을 질끈 감았던 일을 떠올리면 기분이 더 씁쓸해졌다. 그와 의사들은 통상적인 검사를 받을 수 있도록 그녀에게 이틀 동안 입원하도록 설득했다. 그들은 그녀의 상태를 분석하고 여러가지 검사를 진행했지만, 단 한번도 그녀의 의견을 묻지 않았다. 그들은 의무기록을 들고 그녀에게 다가와 짐짓 걱정하는 듯한 표정을 지으며 검사 결과를 설명하는가 하면, 그녀의 시간과 인내심을 일방적으로 강요하면서 가능한 한 많은 병원비를 능숙하게 청구했다. 그녀는 그들의 속셈을 다 알고 있었지만, 발언권이 없었다. 모든 것은 그에게, 너무 순진해서 세상물정을 모르는 그에게 달려 있었다. 물론 롤라가 이제 기억하지 못하는 게 있다는 것도 사실이지만, 그 일에 대해서라면 누구보다도 더 훤히 꿰고 있다.

*

"어젯밤 우리 집 앞마당에 누가 있더라니까." 그가 깨우자마자, 그녀는 그렇게 말했다. 그녀는 음 소거된 텔레비전 앞에서 잠들어 있었다. 지금 텔레비전 화면에서는 두 여자가 널찍하고 밝은 주방에서 닭고기를 요리하고 있었다. 평소에는 꽤 편안해 보이던 안락의자였지만, 이번에는 그렇지 않았던 모양이다. 그녀는 몸 여기저기가 쑤시고 아파서 제대로 움직일 수가 없었다. 그는 그녀가 간밤에 거기서 잤는지, 무슨 일이 있었는지 묻지 않았지만, 제때 약을 먹었는지 알고 싶어했다. 그녀는 아무 대답도 하지 않았다. 그는 알약 보관함이 있는 곳으로 가서 물 한잔과 함께 알약을 그녀에게 건네주었다. 그는 그녀가 알약을 다 삼킬 때까지 계속 그녀를 바라보고 있었다. 마지막으로 물을 한모금 마신 다음, 그녀가 말했다.

"어젯밤 우리 집 앞마당에 누가 있더라고. 정말이야. 그러니까 나가서 괜찮은지 한번 확인해봐."

그는 마당 쪽을 내다보았다.

"정말이야?"

"내 두 눈으로 똑똑히 봤어. 저 나무 뒤에 있더라고."

그는 점퍼를 걸치고 밖으로 나갔다. 그녀는 창가에 서서 그를 지켜보았다. 그는 울타리로 이어지는 통나무 샛길을 따라 걷다가 나무 옆에 멈추어 서서 거리를 내다보았다. 그런데 그는 그녀가 지시한 것을 제대로 살펴보지 않는 눈치였다. 그가 마당 여기저기를 기웃거리는 모습을 보면 어설프기 짝이 없었다. 가만 돌이켜보면, 저 남자는 평생을 그렇게 살았다. 그런데 그녀는 이제 저런 남자에게 기대어 살아가고 있었다. 그녀가 거실 문 옆에 달린 인터폰 수화기를 들자, 대문 인터폰 스피커에서 나는 자기 목소리가 들렸다.

"나무, 저 나무라니까."

그가 그 나무를 향해 몇걸음 다가서는 것이 보였지만, 아주 가까이 가지는 않았다. 그는 주위를 한번 돌아보고는 다시 집으로 발걸음을 돌렸다.

"다시 한번 잘 보고 오라고." 그가 안으로 들어오자 그녀가 말했다. "분명히 누군가를 봤단 말이야."

"지금은 아무도 없어."

"허지만 어젯밤에는 분명히 있었다니까." 그녀가 말했다. 체념한 듯 폐에서 긴 휘파람소리가 새어 나왔지만 그녀는 가만히 있었다.

그날 아침, 한동안 그녀는 이미 봉해져 있는 상자들의 눈에 보이는 다섯면에 라벨을 붙였다. 그는 손님용 침실 안으로 고개를 들이밀더니 쌓여 있는 상자 더미를 보고 그것들을 차고에 갖다 놓겠다고 했다. 그러면 그 방을 계속 사용할 수 있을 뿐만 아니라, 상자가 필요한 경우 차고에서 꺼내기가 훨씬 더 쉬울 거라고 했다.

"상자를 꺼낸다고?" 그녀가 말했다. "꺼내서 어디로 가져가게? 어떤 상자를 어디에 갖다놓을지는 나만 결정할 수 있어."

물론 그렇게 해야 직성이 풀린다면 그는 상자를 차고에 갖다놓을 수도 있었다. 하지만 그녀는 없어도 되는 상자만 가져가도록 했다. 결국 집 안에는 중요한 것들만 남아 있었다.

그녀는 하루에 한개 이상의 상자를 싸지 않았지만, 매일 상자를 싸지도 않았다. 그러다 가끔은 물건을 분류하여 정리하거나, 그다음 날 무엇을 할지 고민하기도 했다. 그런데 이번에는 오래된 겨울옷을 정리할 차례였다. 그녀는 보름 동안 고생고생해서 안 입는 옷을 쓰레기봉투에 넣었고, 그는 차를 타고 시내나 슈퍼마켓에 갈 때 조금씩 들고 나갔다. 그날 롤라는 어디에 기부할 마지막 스웨터를 정리하고 있었다. 그 스웨터들은 모두 울 소재라 공간을 많이 차지하는 바람에 상자 두개에 나눠 담아 접착테이프로 봉했다. 상자 두개를 포장하는 동안 그녀는 이상한 현기증이 일면서 머리가 팽 돌아 어쩔 줄 몰라 했다. 그녀는 창밖을 내다보았다. 그녀는 자기가 무엇을 하고 있었는지 잊어버렸지만, 목록을 펼치자 다시 기억났다. 그녀는 그에게 가서 앞마당으로 의자를 갖다 달라고 부탁했다. 빨랫줄에 널려 있던 수건을 걷어 개고 있던 그가 잠시 그녀를 바라보았다.

"왜 의자를 밖에 내놓아달라고 했는지 일일이 설명할 필요는 없잖아. 그냥 마당에 의자가 필요해서 그래. 그게 다야."

그는 수건을 조리대 위에 올려놓고 다시 그녀를 바라보았다. 그녀는 잠옷 차림에 핑크색 재킷을 걸치고, 너무 오래 신어 닳아 해졌지만 언제나 깨끗한 스웨이드 슬리퍼를 신고 있었다. 그리고 손에는 목록과 연필을 들고 있었다.

"어디에 의자를 놓으라는 거지?" 그가 물었다.

"현관에. 거리가 내다보이게."

그녀는 자기가 말한 의자를 꺼내 가져가는지, 그리고 밖으로 나가면서 삼나무 문에 부딪치지 않는지 확인하기 위해 그를 따라갔다. 그녀는 그가 자리를 뜨기를 기다리다가, 의자를 햇빛이 비추는 쪽으로 돌려놓았다. 그러자 그녀는 커다란 휘파람소리를 길게 내며 반쯤 쓰러지면서 몇 초간 고통으로 표정이 약간 일그러지더니 간신히 의자에 기대앉았다. 그녀는 목록을 펼쳤지만, 읽지는 않았다. 정오가 가까워지고 있었다. 이제 곧 여자와 남자아이가 대문 앞으로 지나갈 터였다. 그녀는 다시 정신을 모으고 기다렸지만, 잠시 후 잠이 스르르 밀려오기 시작했다.

*

어느 날 오후, 그가 볼일이 있어 시내에 간 사이 남자아이가 초인종을 눌렀다. 부엌의 창문으로 밖을 내다본 그녀는 그 아이를 한눈에 알아보았다. 그런데 쇠창살문 뒤에는 그 아이 말고 또래의 남자아이가 하나 더 있었다. 그들은 나직한 목소리로 이야기하고 있었다. 그녀는 인터폰을 받아야 할지 말지 잠시 망설였다. 그녀는 시계를 힐끗 보고 그가 곧 집에 올 것이라는 걸 알았다. 다시 초인종이 울리자 그녀는 마음을 먹고 수화기를 들었다. 그녀는 말하기전에 잠시 뜸을 들였다. 그녀는 초조한 기색이 역력했다. 다른 때와 마찬가지로, 마당에서는 그녀의 목소리보다 숨소리가 먼저 들렸다. 그러자 아이들은 서로의 얼굴을 쳐다보며 즐거워했다.

"누구세요……" 롤라가 말했다.

"아주머니, 아저씨 물건을 돌려드리려고 왔어요."

"뭘 돌려주러 왔죠?"

아이들은 서로를 쳐다보았다. 롤라는 이웃집 남자아이가 손에 무언가를 들고 있는 것 같았지만, 그게 뭔지 잘 보이지 않았다.

"연장이에요."

"그럼 조금 이따가 다시 와요."

그러자 옆에 있던 아이가 비아냥거리는 투로 나직이 말했다.

"아주머니, 좀 들여보내달라니까요."

그 아이도 손에 뭔가를 들고 있었다. 길고 무거워 보였다.

"조금 이따 오도록 해요."

그녀는 수화기를 올려놓고 그 자리에 가만히 서 있었다. 부엌 창문으로 그 아이들의 모습이 보였지만, 그 아이들은 그녀가 보이지 않았을 것이다.

"이봐요, 아주머니. 그러지 말라고요." 다른 아이가 소리치더니, 손에 들고 있는 물건으로 쇠창살문을 세번 내리쳤다.

롤라는 전날 밤 울타리 쇠창살을 치던 바로 그 소리라는 것을 알아차렸다. 아이들은 문 앞에 버티고 서서 기다렸다. 아이들은 결국 그녀가 자기들을 들여보내주지 않으리라는 것을 깨닫고 돌아갔다. 그녀는 인터폰 옆에 서서 숨소리가 조금씩 가라앉는 것을 들었다. 그녀는 이제 괜찮다고, 인터폰으로 몇마디 대화를 나눈 것뿐이라고 속으로 중얼거렸지만, 저 아이들이 정말 마음에 들지 않았다. 저 녀석들이라면…… 그녀는 잠시 생각에 잠겼다. 그러고는 무언가가 점점 가까이 다가오고 있다는 것을 직감했다. 아직 구체적으로 드러나지는 않았지만, 그 강렬함 때문에 ― 그녀는 자기 머리가 어떻게 돌아가는지 잘 알고 있었다 ― 예감으로 변해가기 시작한 무언가가 말이다. 그러다 그녀가 갑자기 가슴에 손을 대는 순간, 집 반대편에서 첫번째 소리가 들렸다. 그녀는 호흡이 너무 가빠지지 않도록 흥분을 가라앉히고, 앞으로 움직이는 자기 발을 보는 동시에 속도를 조절하면서 방으로 갔다. 그녀는 그들의 짓이라는 것을 알고 있었다. 그녀는 자신의 몸을 다스릴 필요가 있었다. 그녀는 확신을 가지고 있었지만, 방에 도착해서 창문으로 거의 뒷마당 안에 들어와 있다시피 한 그 아이들의 모습이 보였을 때, 마치 그런 생각을 전혀 해본 적이 없었던 것처럼 화들짝 놀랐다. 그들은 남자아이가 텃밭으로 들어올 때처럼 철조망 아래를 통과해 마당 뒤쪽에 있었다. 그녀는 재빨리 창가로 몸을 숨겼다. 그들은 집을 향해 다가오다 불과 몇 미터 떨어진 곳에서 걸음을 멈췄다. 이제는 그녀의 코앞까지 다가온 셈이었다. 그들은 차고 문을 힘껏 밀었다. 하지만 문은 열려 있었다. 차고 문을 잠가두는 것은 당연히 그의 몫이었다. 그녀는 겁에 질려 꼼짝도 하지 못했다. 그러고는 철제 캐비닛 서랍이 여닫히는 소리가 들렸다. 쾅쾅거리는 소리는 유난히 그녀의 귀에 거슬렸다. 그녀는 저 아이들이 집에 들어온 것이 그의 잘못이고, 그가 마당에서 함께 시간을 보내곤 하던 저 아이가 도둑이라는 것을 그에게 어떻게 말해야 좋을지 생각했다. 그녀의 숨소리가 갈수록 거칠어졌다. 행여 저 아이들이 자기 숨소리를 들을까봐 무서웠지만, 그건 어쩔 수 없는 일이었다. 차고에서 더 시끄러운 소리가 들리더니, 이내 문소리가 났다. 그러고는 그들이 뒷마당으로 나가 철조망을 통과해 옆집으로 넘어가는 것을 보았지만, 그들이 무엇을 가져갔는지는 잘 보이지 않았다. 그녀는 침대에 누워 담요 아래 발을 집어넣고 태아처럼 몸을 웅크렸다. 그녀의 심장 박동이 정상으로 돌아오려면 시간이 좀 걸리겠지만, 자기의 몸 상태가 좋지 않다는 것을 그가 금방 알아차릴 수 있도록 그 자세로 기다리기로 했다. 그리고 그가 뭘 물어보든 아무 말도 하지 않기로 마음먹었다. 그렇게 계속 기다릴 수만 있다면, 그녀는 이 이야기를 꺼내기 딱 좋은 순간, 자기가 금방 알아차릴 수 있는 순간이 올 것 같았다. 그녀는 다른 것, 즉 갈수록 세상이 점점 더 복잡해지고 있기 때문에 지나치게 무리하지 않기로 마음먹었다. 그래서 당분간 상자 건은 잠시 접고 편히 쉬기로 했다.

*

　롤라는 그 병원 의사를 또렷이 기억하고 있었다. 이름은 몰라도, 몇 미터 떨어진 곳의 군중 속에서 그를 금세 골라낼 수 있었다. 그는 페테르손 박사와 전혀 달랐다. 그중 한 명이 텔레비전에 나오고, 다른 한명이 삼류 의료보험 ─ 그들이 은퇴할 때 그가 두 사람 명의로 가입한 의료보험 ─ 가맹 병원에서 일하는 데에는 그만한 이유가 있었다.

　"오늘 부인은 기분이 어떤 것 같아요?" 그 병원 의사는 집으로 서너번 왕진을 왔는데, 그때마다 이렇게 물어보았다. 그는 몸에 열이 많은지 몹시 더위를 탔다. 롤라는 그의 몸에서 풍기는 땀 냄새를 맡을 수 있었는데, 의사로서 위생적이지 못하다는 생각이 들었다. 하지만 그녀를 가장 성가시게 한 것은 그가 던진 질문이었다. 정작 환자는 그녀였는데, 의사는 그에게만 사실대로 말하고 그의 의견만을 신뢰했다. 가끔 롤라는 의자에서 벌떡 일어나 그들을 향해 "이 문제는 둘이 알아서 처리하세요. 나는 할 일이 있으니까"라고 쏘아붙이고 붙이는 모습을 상상하곤 했다. 하지만 그들의 입장에서는 쇼를 하려면 그녀가 꼭 필요했다. 그녀는 항상 속으로 그렇게 생각하면서, 그와 함께 산 인생의 절반은 인내심으로 견뎌냈다는 사실을 떠올렸다.

　"오늘 부인은 기분이 어떤 것 같아요?" 폐가 아프고 허리 통증도 극심한 데다, 조금만 빨리 걸어도 비장을 찌르는 듯이 아픈데도 의사는 아랑곳하지 않았다. 그의 질문은 다른 것, 롤라의 건강 상태와 아무 관련도 없는 것을 겨냥한 것이었다. 만약 그녀가 페테르손 박사를 찾아가 자신의 문제점을 조목조목 나열했더라면, 그는 저런 환자를 방치해두었다는 사실에 충격을 받고 어떤 식으로든 해결책을 모색했을 것이다. 하지만 지금 그녀를 바라보고 있는 저 두 남자, 즉 병원 의사와 그는, 그중에서도 특히 그는 오로지 슈퍼마켓에서 일어난 사고와 관련된 것에만 관심이 있었다. 사고 전에 나타난 증상, 병원 검사 결과, 사고에 따른 결과. 사고.

*

언젠가 식품점 여주인은 그녀에게 너무 걱정하지 말고 매사를 보다 낙관적으로 생각하도록 노력해야 한다고 말했다. 사람들은 그녀를 만나면 언제나 그런 말을 했고, 롤라도 그런 말을 듣고 나면 기분이 좋아졌다. 그녀는 죽음보다 더 고통스럽고, 너무 복잡해서 전화로 다 설명할 수 없는 상황에 직면해 있었기 때문에, 그 어떤 말도 도움이 되지 않으리라는 것을 알고 있었다. 그러나 그 여자 입장에서는 선한 의도에서 한 말이었다. 비록 그 말이 아무런 도움이 되지 않았다고 해도, 그 여자의 인내심 덕분에 롤라의 마음이 푸근해졌으니까 말이다.

*

그후로 며칠 동안 남자아이는 접이식 의자 — 그들의 의자였다 — 를 팔에 끼고 왔다. 그 아이는 의자를 펴고 앉아 그가 일하는 모습을 지켜보거나, 가끔 그가 쉴 때면 이야기를 나누곤 했다. 한번은 그가 정원용 삽으로 남자아이의 배를 파는 시늉을 하자, 아이는 재미있다는 듯이 신나게 웃었다. 그 무렵 롤라는 그가 장을 보러 갈 때 핫초코를 더 사는지 눈여겨보았지만, 예전과 다름이 없었다. 그녀는 또한 저녁식사 하는 동안 둘 사이에 긴 침묵이 흐른다는 점에도 주목하고 있었다. 하지만 그는 거기에 대해 아무 말도 하지 않았다. 그가 묵묵부답으로 일관한 덕분에 그녀는 가끔 마음이 놓였고, 남자아이의 일은 결국 뒷전으로 밀려나버렸다. 어쩌면 자기가 일시적으로 그 문제에 너무 집착한 것이 아닌지 의심이 들기도 했다. 그다음 날 아침, 거기에 앉아 있는 남자아이를 다시 볼 때까지, 그리고 자신의 숨소리가 커다란 유리창 사이에 달려 있는 경보기의 소리처럼 꺽꺽거리며 거실에 울려 퍼질 때까지.

*

어느 날 밤, 상황이 그녀에게 유리하게 바뀌었다. 식품점에 강도가 든 것이다. 그녀는 저녁거리를 사러 간 그에게서 그 사실을 알게 되었다. 하지만 롤라는 평소 식품과 음식을 주문하던 그 여자에게 연락을 하지 않았다. 비록 자신의 죽음에 관해 대화를 나누며 사이가 급격하게 가까워졌지만, 그런 상황에서 전화를 거는 것은 적절하지 않다고 판단했기 때문이었다. 그래서 그는 다시 닭고기 요리를 먹으면서 강도 사건에 관해 이야기했다. 지금이야말로 그 남자아이에 관해 물어보면서 그가 일방적으로 강요한 침묵을 깨뜨릴 절호의 기회였다. 그때 나눈 대화를 돌이켜 생각한다고 해도 그는 그녀가 함정을 파놓았다는 것을 알아차리기는커녕, 자기가 꺼낸 식품점 이야기만 떠올릴 것 같았다. 그녀는 인내심을 가지고 기다렸다. 그는 식품점 여자가 카운터 아래 숨겨둔 총기와 팔에 입은 부상, 그리고 현장에 도착한 앰뷸런스에 대해 이야기했다. 그러고 나서 그 여자가 매우 용감했다고 말한 다음, 그녀의 딸이 왜 좀처럼 충격에서 벗어나지 못하고 있었는지, 경찰이 현장에 도착하는 데 얼마나 걸렸고 증인들을 어떻게 심문했는지 자세히 설명했다. 그의 이야기가 끝나기를 기다리는 데 이골이 난 롤라는 잠자코 듣고만 있었다. 그녀는 그가 서너 문장을 말할 때마다 머릿속으로 최대한 명확하고 간결하게 다시 정리하고 쓰면서 짜증스러울 만큼 느릿느릿한 그의 말투를 묵묵히 고쳐나갔다. 그래도 그녀는 그를 용서했다. 그리고 나자 두 사람 사이에 긴 침묵이 흘렀다. 마침내 그녀가 침묵을 깨고 입을 열었다.

"그런데 옆집에 사는 남자아이는 어때? 그 아이가 이번 사건과 관련이 있는 것 같아?"

"그 아이가 무슨 관련이 있겠어?"

"우리 집 울타리 쇠창살을 쳤던 게 바로 그 녀석들이야. 보니까 그 아이 말고 하나 더 있더라고. 며칠 전에 그 아이들이 찾아 와서는 당신한테 연장을 돌려주고 싶다면서 들여보내 달라고 떼를 쓰더라니까." 롤라는 이쯤에서 말을 멈추고 그에게서 정보를 얻고 싶었다. 당장 그 문제를 모두 떠맡고 있던 그녀는 더이상 부담을 견딜 수 없었다. 이제 마음의 짐을 벗어야 했다. "나는 문을 안 열어주었는데, 여하간 뒷마당을 통해 들어왔더라고. 녀석들은 곧장 차고로 가서 물건을 뒤지는 것 같았어. 당신이 문을 잠그지 않았던 모양이야. 드릴하고 용접기가 거기 있나 확인해봐."

"드릴하고 용접기?"

그녀는 고개를 끄덕이며 숨을 가다듬었다. 그 말을 입 밖에 내기 전까지 그녀는 정말로 드릴과 용접기에 대해서 생각해본 적이 없었다. 하지만 그들은 그것들이 그의 가장 비싼 연장이라는 것을 알고 있었다. 그가 차고 쪽을 바라보자, 그녀는 그가 자기 말을 듣고 깜짝 놀랐다는 것을 깨달았다. 그녀는 수첩에서 경찰서 전화번호를 찾는 동안, 그가 연장을 뒤지면서 사라진 것을 하나하나 기록하는 모습을 상상했다. 하지만 그는 다시 포크를 집어 들고 닭고기 한조각을 입에 넣으며 말했다.

"스패너."

아직 할 말이 남은 눈치라서 롤라는 그를 빤히 쳐다보았다.

"부엌 싱크대가 막혔나보더라고. 그 아이의 어머니가 부탁해서 빌려준 거야."

"나한테는 한마디도 안 했잖아."

"며칠 전의 일이야. 그들이 이사 왔을 때."

"그 사람들이 이사 왔던 날 말이야?"

"응." 그가 말했다. "그날."

롤라는 그가 샤워하러 들어갈 때까지 기다렸다가 차고에 가서 직접 확인했다. 하지만 거기에 어떤 연장이 있고, 어디에 보관되어 있는지 전혀 기억나지 않았다. 더구나 스패너가 정확히 뭔지도 몰랐다. 그리고 차고는 집에서 그가 관리하던 유일한 구역이었기 때문에 안이 더럽고 지저분할 거라는 생각이 들었다. 그녀는 어떤 이유에서인지 그가 그 아이를 감싸주려고 그럴지도 모른다는 의구심이 들었다. 아무튼 그럴 가능성도 배제할 수 없어 보였다. 그녀는 앞치마 주머니에 넣어둔 목록을 만지작거리면서, 밤에 그 사실들을 조금 더 차분하게 떠올리며 분석해야겠다고 생각했다. 그리고 어떻게든 결정을 내려야겠다고 생각했다.

*

다음 날 아침, 그녀는 상자를 하나 더 쌌다. 그녀는 그 상자에 낡은 사무용품, 잉크가 말라붙어 있는 펜, 누렇게 변색된 공책, 늘어진 고무줄이 든 상자, 지난 몇년 동안 발행된 전화번호부 등을 담았다. 그녀는 그런 것들이 아무리 허접해 보여도 가난한 이들에게는 큰 도움이 될 거라고 확신했다. 그런 물건들이 존재한다는 사실만 알면 언젠가 필요할 때 유용하게 사용할 수 있을 테니까. 각종 청구서를 정리하기 위해 전화 테이블 위에 설치한 작은 탁자로 간 그녀는 거기서 찾은 다른 물건들을 챙겼다. 그녀는 그가 거실 테이블에서 문진으로 사용하던 작은 그리스 도자기 흉상을 상자에 담으려고 했지만, 찾을 수가 없었다. 그녀는 때때로 어느 상자에 어떤 물건을 넣었는지 일일이 기억하지 못한다는 것을 알고 있었다. 집 안에 물건이 너무 많았던 데다, 그것들을 정리하고 상자에 담는 것은 모두 그녀의 책임이었기 때문에 항상 자질구레한 것까지 다 기억한다는 것은 당연히 어려운 일이었다. 지난주, 그들은 한순간 정신이 팔려 그의 신발을 모조리 상자에 넣어버리는 바람에 상자를 다시 열어야 하는 촌극이 벌어지기도 했다. 이제 수건도 별로 없었고 선반도 텅 비어 있었던 터라 복도에 걸려 있는 커다란 거울도 더이상 멋져 보이지 않았다. 화장실 서랍에는 이제 그녀가 쓰던 브러시나 빗이 하나도 남아 있지 않았다. 무엇보다 머리를 빗으려면 그의 낡은 빗을 사용할 수밖에 없다는 것이 가장 끔찍했다.

정오에 그녀는 상자를 테이프로 봉하고 라벨을 붙인 다음, '책상 물건'이라고 썼다. 그녀는 그 상자를 차고로 옮겨 달라고 부탁하기 위해 그를 찾으러 다녔지만, 그는 집안 어디에도 없었다. 차고나 마당에서도 그의 모습은 보이지 않았다. 그녀는 침실 창문에서 이를 확인할 수 있었다. 그가 말없이 사라지면 그녀는 불안해서 견디지 못했다. 그래서 그는 미리 알리지 않고 집을 나가지 않기로 그녀와 약속했다. 이처럼 그가 절실하게 필요했을 수도 있던 터라, 그녀는 항상 그에게 기대고 살아야 했다. 그녀는 거실을 가로질러 현관으로 갔다. 문을 열자 바닥에 있는 그의 모습이 보였다. 그녀는 폐에서 휘파람소리가 새어 나오기 전에 하마터면 딸꾹질부터 나올 뻔했다. 그녀는 문틀을 붙잡고 간신히 몸을 가누었다. 그는 벽에 등을 기대고 손바닥을 이마에 댄 채 앉아 있었다. 롤라는 숨을 크게 들이마시고 힘을 내어 말했다.

"에구머니나!"

그러자 그가 무겁게 입을 열었다.

"괜찮으니까 놀랄 것 없어." 그는 피 묻은 손바닥을 물끄러미 내려다보았다. 자세히 보니, 이마에 작은 상처가 나 있었다. "갑자기 혈압이 떨어진 모양인데 그럭저럭 버틸 만하더라고."

"의사를 부를게."

"나중에. 일단은 안으로 들어가서 좀 누워야겠어."

그녀는 침대에 이불을 편 다음, 그에게 차를 갖다 주었다. 그러고는 복도 책장 선반에서 『내셔널 지오그래픽』 최신호 두권을 찾아 침대 옆 탁자 위에 올려놓았다. 그녀는 이 모든 일을 논리적인 속도로 하는 데 집중했다. 다시 말해 최대한 빨리, 하지만 그러한 움직임으로 인해 마음이 불안해지지 않도록. 그녀는 지금이 '그의' 순간이라는 것을, 그리고 그를 안심시키기 위해 어떤 일이든 해야 한다는 것을 알고 있었다. 그는 워낙 겁에 질려 아마 자기 자신만을 생각하고 있을 것 같았다. 그렇다면 계속 그녀를 보살펴줄 사람이 있어야 했다. 그 나름대로 긴장되고 격앙된 순간이었다. 아무튼 그녀는 상황에 잘 대처했다. 잠시후, 그는 곤히 잠들었다. 그녀는 마지막 남은 힘을 다해 거실로 걸어가 안락의자에 앉아 숨을 돌렸다. 우선은 기운을 차려야 했다. 아직 할 일이 많이 남아 있었으니까.

*

　잠을 자던 그녀는 파이프로 울타리 쇠창살을 두드리는 소리에 깼다. 그녀는 창밖을 내다보려고 목을 길게 뺐지만, 갑자기 경련이 일어나는 바람에 다시 원래 자세로 돌아가야 했다. 아무도 보이지 않았지만, 누구인지 알 수 있었다. 텔레비전 위의 시계는 오후 4시 20분을 가리키고 있었다. 옆집을 향해 보도를 걸어가는 이웃집 여자의 하이힐 소리가 들렸다. 잠시 후, 문이 닫혔다. 그 순간, 스패너가 떠올랐다. 그녀는 주먹을 불끈 쥐고 팔을 옆으로 뻗었다. 그것은 그녀가 평소 스트레칭을 할 때 사용하는 페테르손 박사의 근육이완 운동 프로그램이었다. 경련이 사라지면서 그녀는 자신의 몸, 아니면 적어도 몸의 일부를 되찾은 듯한 느낌이 들었다. 그녀는 여전히 불분명한 스패너의 모양새를 머릿속에 떠올리는 데 집중했다. 그녀는 지금 밤색 스웨이드 슬리퍼를 신고 있는지, 미드 시즌 코트가 현관 인터폰 옆 옷걸이에 걸려 있는지 확인했다. 그것들이 모두 원하는 곳에 있는 것을 보자 기운이 났다. 그녀는 자리에서 일어나 옷을 걸치고 현관문을 열었다. 그렇게 해서 그녀는 마침내 자신의 의도가 무엇이었는지 깨달았고, 그것이 분명히 매우 현명한 해결책이라는 생각이 들었다.

그녀는 옆집으로 가서 문을 두드렸다. 옆집 여자가 마침 내 문을 열었을 때는 낮잠을 잔 덕분에 솟아난 기운이 기다리는 동안 대부분 사라져버렸다. 이제는 더 힘들 일만 남았다. 그 여자는 그녀를 곧 알아보고 안으로 들어오라고 했다. 롤라는 희미한 미소를 지으며 고개를 끄덕였다. 몇 걸음 걸어가다 멈춘 그녀는 다음에 뭘 해야 할지, 무슨 말을 해야 할지 몰라 머뭇머뭇 망설이고 서 있었다.

"차 좀 드시겠어요?" 여자는 묻더니, 곧장 부엌으로 걸어갔다. "괜찮으시다면 거기 앉으세요." 여자가 다른 방에서 말했다. "집이 너무 지저분해서 죄송합니다."

벽은 군데군데 칠이 벗겨지고 있었다. 거실에는 가구라고 할 만한 것이 거의 없었다. 테이블 하나, 금방이라도 부서질 것 같은 의자 세개, 천이 닳을 대로 닳아 속이 다 비치는 침대 시트로 덮어놓은—흘러내리지 않도록 팔걸이에 묶어놓았다—안락의자 두개가 전부였다. 차 한잔을 들고 온 여자는 그녀에게 안락의자에 앉으라고 권했다. 그들은 서로 불편해 보였다. 거기 앉으면 나중에 일어나기 힘들 것 같았지만, 롤라는 예의상 그녀의 권유를 받아들였다. 여자는 빠르게 움직여 롤라가 탁자로 쓸 수 있도록 작은 의자를 가져 왔다. 롤라는 창가 바닥에 쌓여 있는 잡지와 신문 더미를 보았다. 그것들은 공간만 차지하고 있을 뿐, 아무 데도 쓸모가 없는 것 같았다.

"우리 집에 상자가 많이 있으니까, 필요하시면 갖다 쓰세요." 롤라가 먼저 입을 열었다. "아주 튼튼한 상자인데, 물건을 종류별로 분류해서 거기에 담아 둔답니다."

여자는 롤라의 시선을 따라 신문 더미를 바라보았다.

"고맙습니다만, 필요 없어요. 그런데 무슨 일로 오셨죠? 내 아들 때문인가요? 안 그래도 어젯밤에 아이가 안 들어와서 속이 다 타들어가는 것 같다고요."

그 말을 듣자, 롤라는 자신의 직감이 정확히 들어맞았다는 것을 알아차렸다. 그러곤 그날 오후 울타리 쇠창살을 두드리던 소리를 떠올렸다. 여자는 롤라의 입에서 무슨 말이든 나오기를 기다리는 눈치였다. 그녀는 롤라 맞은편 의자에 앉았다.

"아무래도 나한테 화가 나 있는 것 같아요. 혹시 그 아이가 어디 있는지 아세요?"

대화는 롤라가 원하는 방향으로 흘러가고 있었지만, 이럴 때일수록 신중에 신중을 기해야 했다.

"아뇨. 사실은 그게 아니라, 부인에게 긴히 물어볼 게 있어서 온 거예요. 중요한 일이라서 말이죠."

롤라는 차를 보며 이번 기회에 제대로 물어봐야겠다고 마음속으로 다짐했다.

"혹시 스패너를 가지고 있는지 알고 싶어요. 고정식 스패너 말이에요." 그러자 여자는 인상을 찌푸렸다.

"싱크대를 고칠 때 사용하는 연장 말이에요." 롤라가 덧붙여 말했다.

어쩌면 그 여자는 집에 문제의 스패너가 있는지 없는지조차 모를 수도 있었지만, 아예 그 질문의 의도를 이해하지 못했을 수도 있었다. 여자는 부엌을 힐끔 쳐다보더니 다시 롤라 쪽으로 고개를 돌렸다.

"무슨 말씀인지 알겠어요. 남편 되시는 분이 지난주에 그런 걸 빌려주셨죠. 그런데 우리 아이가 그저께 돌려드렸을 텐데요. 그걸 돌려드렸다고요. 아닌가요?"

"그런데 그게 문제에요. 우리한테 돌려줬는지 확실치가 않아서요."

여자는 잠시 롤라를 빤히 쳐다보았다.

"그러니까 그 스패너가 어디 있는지 알고 싶다고요." 롤라는 차를 젓고 티백을 꺼냈다. "잘 아시겠지만, 문제는 스패너가 아니에요. 그러니까 내 말은, 내가 그 스패너를 찾는 건 스패너 때문이 아니라고요."

여자는 그녀의 말을 이해하려고 애쓰는 듯 고개를 끄덕였다. 롤라는 부엌 쪽을 쳐다보며 몇초 동안 침묵을 지켰다. 그러던 어느 순간, 자기에게 말하는 목소리가 들렸다.

"괜찮으세요?"

그녀는 통증과 경련을 까맣게 잊고 있었다. 그녀의 숨소리는 거의 들리지 않을 정도로 고요했고, 그녀의 모든 기운은 아직 낯설기만 한 물리적 공간으로, 부엌에서 들어와 그들을 향해 쏟아지는 자연광으로 향하고 있었다.

"이름이 어떻게 되죠?" 롤라가 물었다.

"수사나라고 해요."

여자는 눈 밑이 심할 정도로 거무스름한데다, 눈은 아래로 쭉 잡아당긴 것처럼 늘어져 있어 왠지 부자연스러워 보였다.

"수사나, 부엌을 한번 둘러봐도 될까요?"

"내가 스패너를 돌려주지 않을 것 같아서 그래요? 대체 나를 뭐로 보고 그런 말을 하는 거죠?"

"아, 아니에요, 아니에요. 오해하지 마세요. 그런 뜻으로 한 말이 아니에요. 그러니까…… 이걸 어떻게 설명하면 좋을까요? 일종의 예감이랄까. 네, 바로 그거예요."

여자는 기분이 몹시 상한 모양이었다. 하지만 자리에서 일어나 부엌으로 걸어가더니 문 옆에 서서 그녀를 기다렸다. 롤라는 찻잔을 의자에 올려놓고 팔걸이를 짚으며 일어나 다시 찻잔을 집어 든 다음, 그녀가 있는 쪽으로 걸어갔다.

부엌은 환하고 널찍했다. 찬장은 낡고 허름했지만, 과일과 빨간 냄비와 프라이팬 덕분에 부엌 전체가 따뜻한 느낌을 주었다. 롤라가 보기에, 거기를 깨끗이 청소하고 제대로 정돈하면 자기 집 부엌보다 훨씬 더 아늑하고 온화한 느낌을 줄 것 같았다. 그 순간, 그녀는 무심코 필요 이상으로 크게 숨을 들이마셨다. 그러자 숨을 내쉴 때 휘파람소리가 났다. 롤라는 그 여자가 자기를 쳐다보고 있다는 걸 눈치채고 창피한 생각이 들었다. 그때 그가 생각났다. 어쩌면 잠에서 깨어나 자기를 찾아 집 안을 헤매고 다니다 잔뜩 겁에 질려 있을지도 모를 일이었다.

"뭘 찾고 계시나요?" 여자는 적의를 드러내지 않았지만, 지친 목소리로 말했다.

롤라는 고개를 돌려 여자를 바라보았다. 둘은 한쪽 문틀에 기대어 서 있을 정도로 아주 가까이 있었다.

"물어볼 게 또 있어요."

"말해보세요."

"이상하게 들릴 수도 있겠지만, 아무튼……"

여자는 팔짱을 꼈다. 그들은 서로 얼굴을 마주 보았다. 여자는 더이상 그렇게 만만해 보이지 않았다.

"누군가 당신 아들에게 핫초코를 줄 수 있다고 보세요?"

"뭐라고요?"

롤라는 창문을 통해 자기 집 마당을 바라보았다. 그녀는 가슴이 답답해서 숨을 더 크게 들이마셔야 했다. 그러고는 숨을 내쉬면서, 최대한 조용하게 떨리는 휘파람소리를 내기 시작했다.

"핫초코" 롤라가 말했다. "분말." 그녀는 더이상 숨을 조절할 수 없다는 것을 깨달았다. 휘파람소리가 부엌에 울려 퍼지고 있는 것 같았다.

"무슨 말씀인지 이해가 안 되는군요."

바로 그때 그녀의 시야에 무슨 문제가 생겼는지, 하얀 벽이 점점 더 새하얗게 변하고 있었다. 그리고 롤라의 가슴에서는 심장이 벌떡벌떡 뛰면서 입에서 다시 휘파람소리가 나기 시작했다. 소름이 끼칠 정도로 메마른 소리였다. 그녀가 찻잔을 식탁 위에 올려놓으려는 순간, 또다시 심장이 쿵쾅거리면서 그녀는 결국 정신을 잃고 쓰러졌다.

*

그녀는 다시 숨을 쉬기 시작했지만, 육체적으로만 진정되었을 뿐이었다. 감은 두 눈 앞에 펼쳐진 어둠속에서 그녀는 자기가 여전히 살아 있다는 것을 깨달았다. 어쩌면 죽기 딱 좋은 순간이었지만, 아무튼 이번에도 그런 일은 일어나지 않았다. 그녀는 죽게 해달라고 별수를 다 써봤지만 아무 소용이 없었다. 그녀는 뭔가 중요한 것을 놓치고 있는 것이 분명했다. 이제 뭘 해야 할지 도무지 생각이 나지 않았다. 그녀는 눈을 떴다. 그녀는 자기 방에 있었지만, 그의 침대에 누워 있었다. 『내셔널 지오그래픽』지는 그녀

110

가 놓아두었던 곳에 그대로 있었다. 그녀는 그를 불렀다. 부엌에서 소리가 나더니 그의 무거운 발걸음 소리가 들렸다. 그러고는 방의 문틈으로 안을 슬쩍 들여다보는 그의 모습이 보였다.

"잠시 정신을 잃었어." 그녀가 말했다.

"그런데 이제 괜찮아진 것 같은데." 그는 안으로 들어와 그녀의 침대에 걸터앉았다.

"정신을 차리고 보니까, 내 침대가 아니더라고."

"예전에 우리가 그렇게 하기로 했잖아. 창가에서 떨어진 곳에 당신 침대를 두는 게 더 나을 것 같다고 말이야."

"우리가 그랬어?"

"당신이 쓰러질 때 다행히 이웃집 부인이 붙잡아주었다고 하더라고. 더구나 부인은 내가 당신을 집으로 데려올 때 많이 도와주었어."

"그 아이 엄마가?"

그녀는 자기 손바닥을 물끄러미 내려다보았다. 손바닥에 작은 상처가 나 있었다.

"아무 기억도 안 나? 걸어서 여기까지 왔잖아."

그녀는 뭐라고 말해야 좋을지 몰라 망설였다. 물론 그녀는 다 기억하고 있었지만, 자초지종을 듣고 싶었다. 적어도 지금 침대에 누워 있는 사람은 그가 아닌데, 모든 일이 다시 정상적으로 돌아가고 있었으니까. 그녀는 다시 손바닥에 난 상처를 보고, 얼마나 아픈지 확인하려고 그 부위를 살짝 눌렀다.

"그 아이? 어디 있는지 찾았대?"

"아니." 그녀가 대답했다.

그녀는 그 여자에 대해, 갑자기 중단된 대화와 스패너, 그리고 핫초코에 대해 생각했다. 그러자 몸속의 경보 장치가 다시 울리기 시작했다. 그녀는 자리에서 일어나려고 했지만, 그럴 힘이 없었다. 그는 등 뒤에 베개를 받쳐서 그녀가 일어나도록 도와주었다. 그녀는 그에게 근심을 털어놓지 않았지만, 그가 하는 대로 내버려두었다.

*

물론 롤라가 기억하지 못하는 것도 있지만, 슈퍼마켓 사건만큼은 또렷이 그녀의 기억에 남아 있었다. 그 사건과 항상 "오늘 부인은 기분이 어떤 것 같아요?"라고 물어보던 쓸모없는 의사의 왕진. 그리고 의사는 언제나 그를 바라보며 물었다. 어차피 그들 중 누구도 그녀가 대답하리라고는 기대하지 않았으니까. 그 멍청이 의사는 뭐가 그리도 궁금했던 것일까?

가끔 의사가 그렇게 물어보면 그녀는 갑자기 움직이지 않았는데도 비장에 통증을 느끼곤 했다. 그리고는 곧 호흡이 가빠지면서 방에 자기 숨소리가 다 들리기 시작하리라는 것을 알고 있었다.

"목록을 작성해두면 좋을 겁니다." 언젠가 의사가 그녀에게 말했다.

'정말 대단한 사람인데.' 그녀는 속으로 생각했다. 손이 떨리면, 그녀는 그에게 그 모습을 보이지 않으려고 두 손을 포개 무릎 위에 얌전히 올려놓곤 했다.

"뭐 하러 목록을 만들어요? 모든 것을 뚜렷이 기억하고 있는데." 그럴 때마다 롤라는 이렇게 되받아쳤다. 그러고 나면 두 남자가 서로 눈빛을 교환하는 것이 보였다. 그들은 그녀가 서서히 죽어가고 있다고 말할 엄두를 내지 못했기 때문에 마치 모자란 사람 대하듯 그녀에게 말했다. 그녀는 그것이, 즉 자기가 죽어가고 있다는 것이 사실이 아니라는 것을 알고 있었지만, 그런 상상을 하는 것을 은근히 좋아했다. 하지만 그녀로서는 그럴 생각을 할 만 했다. 만약 그녀가 정말로 세상을 떠난다면, 그토록 오랜 세월 동안 남편과 가정을 위해 헌신해온 그녀가 얼마나 중요한 존재였는지 그도 깨달을 수 있을 테니까 말이다. 그녀는 오래 전부터 그냥 죽고 싶은 마음뿐이었지만 몸만 계속 나빠지고 있는 것 같았다. 아무 짝에도 쓸모없이 몸만 망가지고 있던 셈이었다. 그들은 왜 그녀에게 사실대로 말해주지 않는 걸까? 그녀는 그들이 자기에게 그 말을 해주기를 원했다. 그녀는 그것이 사실이기를 간절히 바라고 있었다.

*

그녀는 눈을 떴다. 그의 시계는 3시 40분을 가리키고 있었는데, 분명히 무슨 소리가 난 것 같았다. 그녀는 누군가 앞마당에 들어왔던 그날 밤처럼 — 하지만 그다음 날 아침 그는 아무 흔적도 찾지 못했다 — 또다른 침입자가 있을지도 모른다는 생각이 들었다. 그녀는 그가 깨지 않게 조심조심 일어나 — 이는 분명히 그녀가 혼자서 해결해야 될 일이었다 — 슬리퍼를 신고 가운을 걸친 다음, 복도로 나갔다. 다시 소리가 났다. 그녀는 이제 분명하게 그 소리를 들을 수 있었다. 그건 화장실 창문을 두드리는 소리였다. 롤라는 작은 돌멩이들이 젖빛 유리*에 부딪치며 나는 소리일 수도 있다는 생각이 들었다. 그녀는 불을 켜지 않고 들어가 벽을 따라 창문으로 다가간 다음, 조용히 기다렸다. 그 소리가 두번 더 났다. 그 남자아이의 짓이라는 확신이 들었다. 그녀는 방으로 돌아가 떨리는 손으로 간신히 창문을 열었다. 그곳은 중요한 전략적 거점이었다. 다섯번째 소리가 나자, 그녀는 그 돌멩이들이 어디서 난 것

---

* 금강사(金剛沙) 등으로 표면을 갈아 광택이 없고 투명하지 않으며 빛깔이 부연 유리.

인지 알 것 같았다. 집 안쪽으로 몇 미터 더 가면, 그녀의 마당과 이웃집 여자의 마당을 가르는 담장과 쥐똥나무 생울타리 아래로 작은 도랑이 있었다. 그런데 그 도랑에 누군가가 누워 있었다. 그건 돌멩이를 던지던 그 남자아이였다. 잘 보이지는 않았지만, 그녀는 직감으로 알 수 있었다. 그렇다면 돌멩이는 그를 부르는 신호였을까? 롤라는 발이 아프지 않도록 체중을 반대쪽 다리로 옮겼다. 그녀는 왜 그 나이에 이런 일을 겪어야 했던 것일까? 그렇다고 지금 이 시간에 그가 밖에 나갈 리는 만무했다. 그건 너무 위험하고 어리석은 짓이었다. 사실 그는 그 아이와 아무 관련도 없었다. 어쨌든 그녀는 그 아이의 일을 다 잊어야 했다. '그래, 이제 그만 잊어버려.' 그녀는 속으로 그 말을 여러 번 되뇌며 목록과 아직 해야 할 모든 일을 떠올렸다.

*

잠을 제대로 못 자서 그런지, 그날은 평소보다 일이 더 더디게 진행되었다. 한곳에서 다른 곳으로 움직이기도 힘들었지만, 그를 부르기 위해 소리를 지르거나 슈퍼마켓에서 살 물건의 목록을 작성하는 것도 힘에 부쳤다. 하지만 그녀는 어떻게든 해냈다. 다행히 그가 도와주었다. 물론 충분하지는 않았지만, 그는 나름 최선을 다했다. 그는 아침식사를 차리고 텔레비전도 켰다. 그리고 그녀에게 슬리퍼도 갖다주었다. 그녀는 페테르손 박사가 나오는 프로그램을 보았다. 그러고는 목록이 적힌 종이를 여러번 폈다가 다시 접었다. 그녀는 자기 침대로 가서 낮잠을 자기로 했다. 그녀는 그에게 침대 시트를 갈아달라고 했다. 그녀가 일일이 말해주지 않아도 그는 더러운 시트를 어디에 두어야 하는지, 또 깨끗한 시트 중에서 어떤 것을 꺼내서 펴야 하는지 잘 알고 있었다. 한숨 푹 자고 일어났더니 둘 다 몸이 개운해졌다. 그는 상자들을 더 날라 갔다. 그가 지난주에 받은 상자 세개는 이미 테이프로 봉하고 라벨을 붙여 차고에 갖다 두었다. 그녀는 그가 수북이 쌓인 상자 더미를 바라보며 눈살을 찌푸리는 것을 보았다. 그는 그렇게 많은 상자를 왜 쌓아두는지 의아해하는 표정이었지만, 자기 혼자 궁금증을 해결하기는 물론 절대 불가능할 것이다. 마치 어떤 물건이든 냄새가 괜찮아도 유통기한이 지나면 왜 버려야 하는지, 또 세탁한 옷은 어차피 나중에 다림질을 해야 되는데 왜 굳이 펴서 빨랫줄에 널어야 하는지 분명히 말할 수 없는 것처럼 말이다. 그런 세부적인 문제들은 그의 능력 밖의 일이기 때문에 그녀가 전적으로 짊어져야 했다. 그는 상자들을 보다가, 마당이나 자동차 생각이 설핏 머릿속을 스치고 지나가는 바람에 인상을 찌푸린 것일지도 모른다. 그녀는 그의 뒤에 서서 그를 기다렸다. 롤라는 그를 기다리는 데 너무 익숙해져 있었다. 그런데 어느 순간, 그녀는 무언가를 보고 깜짝 놀랐다. 그녀의 눈에 들어온 것은 그가 상자에 붙은 라벨을 읽으려고 몸을 숙이는 모습이었다. 그녀가 그토록 놀란 것은 라벨이나 상자에 쓰인 글귀 때문이 아니라, 그가 갑작스럽게 거기에 관심을 보였다는 사실 때문이었다. 그는 돌아 서서 그녀를 처다보았다. 그녀는 무슨 말을 해야 할지 곰곰이 생각했다. 그때 화장실에 다 싸놓은 상자가 하나 더 있다는 사실이 떠올랐다. 그렇다면 그에게 그 상자를 꺼내 차고에 갖다 두라고 할 수도 있었다. 아니면 살 물건을 적은 종이를 텔레비전 위에 올려두었으니까, 그걸 가지고 슈퍼마켓에 가라고 할 수도 있었다. 당장에라도 그에게 부탁할 일이 수두룩했지만, 어느 것을 고를지 갈피를 잡을 수 없었다. 그때 그가 말했다.

"아직 그 아이를 못 찾았나보군."

그녀는 이것이 자신의 개인적 욕망과 밀접하게 관련되어 있다는 것을 깨닫고, 잠시 죄책감이 들었다.

"어젯밤에도 안 들어왔다더라고. 벌써 정오가 다 되어 가는데."

그녀는 식품점 강도 사건, 울타리 쇠창살 두드리는 소리, 스패너, 핫초코, 그 아이가 뒷마당 텃밭에서 앉아 있던 작은 의자, 그러니까 자기들의 의자에 대해 생각했다. 하지만 그녀는 말했다.

"혹시 당신 물건 중에서 상자에 넣고 싶은 것 없어?"

그는 상자 더미를 힐끔 쳐다보더니 그녀를 돌아보았다.

"어떤 걸 넣으라는 거지?"

"이모가 돌아가시고 나서, 엄마가 유품을 정리하는 데 꼬박 일년이 걸렸다고. 그렇다고 모든 일을 다른 사람 손에 맡길 수는 없잖아."

그는 텃밭을 쳐다보았다. 생각해보면 그에게는 저 텃밭이 삶의 전부인 것 같았다. 그녀는 괜한 말로 그에게 마음의 상처를 준 것 같아 후회스러웠다. 저런 남자에게 상자를 가득 채울 만큼 많은 물건이 있을 것 같지는 않았다.

"그 아이한테 무슨 일이 생긴 걸까?" 그는 텃밭에서 눈을 떼지 않은 채 물었다. "가끔 이맘때쯤이면 여기로 오곤 했는데."

그녀는 주먹을 불끈 쥐었다가 펴면서 충동을 감추었다. 그러자 손바닥에 난 상처가 욱신거렸다. 이제 다 했어. 그가 말했다. 마침내 그의 입에서 남자아이의 이름이 무심결에 튀어나왔다. 그래서 그녀는 적절하게 대처할 수가 없었다. '그와 남자아이.' 요점은 "아직 그 아이를 못 찾았나 보군"이라는 말 속에 함축되어 있었다. 그 말은 그가 지금껏 내내 텃밭에서 그 아이를 계속 만났다는 뜻이었다. 그는 그녀가 다 알고 있다는 것을 알면서도 그 아이를 만났고, 그녀에게 그 사실을 차마 말할 수 없었던 것이다. 그는 결국 그 이야기를 꺼냈다. 오로지 그 자신의 것이었지만, 그때까지 그녀에게 줄곧 숨겨왔던 그 아이의 온몸에 대해서 말이다. 그녀는 깊게 숨을 들이마시고 훅 내뿜었다. 그녀의 숨결이 그들을 휘감고 있었다. 그녀는 상자 위에 있던 포장용 테이프를 집어 들고 다음 일을 하기 위해 기운을 내서 부엌으로 걸어갔다.

그는 방과 부엌에서 이런저런 일을 하고 있었다. 반면 그녀는 책상부터 시작해서 벽장의 마지막 서랍까지 싹 다 정리했다. 하지만 그가 내는 소리는 평소와 전혀 달랐다. 그녀는 그 소리를 듣고, 그의 행농이 예사롭지 않다는 것을 알 수 있었다. 슬슬 걱정이 되기 시작했다. 차라리 그럴 바에는 무슨 일인지 알아보는 편이 나을 것 같았다. 그는 집안일에 서툴렀기 때문에 일일이 가르쳐줘야 하는 경우가 많았다. 하지만 그가 방금 그 남자아이에 관해 이야기를 꺼낸 터라, 그녀는 거리를 두고 지켜봐야만 했다. 그는 자신의 행동이 잘못되었다는 것을 깨달을 필요가 있었다. 그래서 그녀는 꾹 참고 그가 하는 대로 내버려두었다. 잠시 후, 그가 밖으로 나가는 소리가 났지만, 그녀는 아무 말도 하지 않았다. 그는 남은 오후 내내 텃밭에서 일하다가 해질녘이 다 되어서야 집에 들어왔다. 그녀는 그가 작은 의자와 몇가지 연장을 가지고 들어오는 것을 보았다.

그녀는 이미 저녁을 주문해두었기 때문에, 그와 마주치지 않으려고 곧장 거실로 갔다. 그가 차고에서 물건을 정리하는 동안, 그녀는 텔레비전을 켜고 소파에 앉아 뉴스를 보았다. 그녀는 깜박 잠이 들었지만, 잠시 후 그가 들어왔다. 차고 문이 닫히는 소리가 나더니, 얼마 지나지 않아 부엌 문이 열리는 소리가 들렸다. 그녀는 그가 자기 등 뒤 2미터 떨어진 곳에서 멈추는 것을 느꼈다. 그녀는 텔레비전 화면에서 눈을 떼지 않은 채, 그가 먼저 입을 열 때까지 기다렸다. 그녀는 그가 무슨 말을 하고 싶어한다고 확신했다. 그래서 그가 적절한 말을 찾아 자기에게 사과하는 모습을 머릿속으로 상상했다. 그녀는 그에게 생각할 시간을 주었다. 그녀는 주머니에서 목록을 꺼내 다시 훑어볼까 생각했지만, 새로운 소리가 들리자 다시 숨을 참을 수밖에 없었다. 뭔가가 나무 바닥에 부딪히는 소리였다. 바닥에 여러번 부딪히면서 둔탁한 소리가 났다. 그녀가 고개를 돌리자 바닥에 쓰러져 있는 그의 몸이 보였다. 그는 기이하고 부자연스러운 자세로 몸을 웅크리고 있었다. 그의 몸 안에 무언가가 쓰러질 시간조차 주지 않고 갑자기 장애를 일으킨 것처럼 말이다. 잠시 후, 그녀는 가는 핏줄기가 바닥을 타고 흐르는 것을 보았다.

　롤라는 식품점 여자에게 전화를 걸었다. 식품점 여자가 앰뷸런스를 보내자, 앰뷸런스 운전기사는 의사의 요청에 따라 경찰에 신고했다. 출동한 경찰은 그의 시신을 회색 운반용 부대에 싸서 가져갔다. 그녀는 자기도 앰뷸런스를 타고 같이 가겠다고 했지만, 두명의 경찰관이 나서서 막으며 그녀를 의자에 앉혔다. 그중 한 경찰관이 그녀에게 이것저것 물어보고 대답을 수첩에 적는 동안, 나머지 한명은 그녀에게 차를 끓여주기 위해 부엌으로 갔다. 롤라는 부엌에서 나는 소리, 그러니까 주전자의 물이 끓는 소리와 찬장 문이 열리고 닫히는 소리가 간간이 들리는 가운데, 조용히 심문을 받았다. 피로가 몰려오기 시작하자, 그녀는 이따금씩 눈을 가늘게 뜨고 몇가지 생각을 했다. 소금과 향신료 뒤에 핫초코 상자가 있었다. 그가 아직 텃밭에서 돌아오지 않았고, 뼈가 바닥에 부딪히는 소리는 그날 오후에 낮잠을 자다 꾼 꿈속의 한 장면일 뿐, 그는 아직 자기 등 뒤에서 기다리고 있을지도 모른다는 생각이 들었다. 그녀는 몇번이나 잠들 뻔했다. 앞에서 자기 이름을 자꾸 불러대는 경찰관이나 부엌에 있는 다른 경찰관도 전혀 신경 쓰이지 않았다. 하지만 그녀는 등 뒤에서 뼈가 나무 바닥에 쿵하고 부딪히는 소리가 거듭해서 들었다. 가슴을 바늘로 찌르는 듯한 통증이 느껴지면서 그녀는 멍한 상태에서 깨어나 간신히 숨을 쉴 수 있었다. 그녀는 이렇게 하면 영원히 살 수도 있을 것이라는 사실을 원망스러울 정도로 분명하게 깨달았다. 그리고 그가 자기 코앞에서 고통 없이 저세상으로 가면서 집과 상자들과 더불어 자기를 홀로 남겨 두었다는 것도 깨달았다. 그녀가 남편 뒷바라지하며 평생을 바쳤건만, 그는 영원히 그녀의 곁을 떠나고 말았다. 그는 그녀에게 그 남자아이와 관련된 이야기를 털어놓은 다음, 모든 것을 가슴속 깊이 안고 무덤으로 들어갔다. 이제는 그녀가 죽어도 눈물을 흘려줄 이가 아무도 없었다. 그녀는 거실에서 깊고 거친 숨을 내쉬었다. 그러자 경찰관은 말을 멈추고 걱정스러운 표정으로 그녀를 바라보았다. 다른 경찰관은 찻잔을 들고 그녀 옆에 서 있었다. 그들은 그녀를 혼자 남겨둘 수 없다고 누차 강조했다. 롤라는 이 남자들을 빨리 내보내려면 정신을 차리고 현실로 돌아와 잠깐 궁리를 해야 할 것 같았다. 그녀는 소리 나지 않게 숨을 내쉬고, 모든 것을 빨아들이듯 숨을 깊이 들이마셨다. 그녀는 자기들을 보살펴주는 여자가 있는데, 다음 날 아침 일찍 올 거라고 거짓말했다. 그리고 잠시라도 눈을 붙일 수 있게 해달라고 당부했다. 마침내 두 경찰관은 떠났다. 그녀는 설거지를 할 때마다 그가 싱크대 옆에 갖다 놓던 작은 의자를 찾으러 부엌으로 갔다. 그 의자는 그녀가 혼자 움직일 수 있는 유일한 가구였다. 그녀는 의자를 거실로 갖고 가서 그가 쓰러진 곳에서 가까운 벽에 기대어놓았다. 그녀는 자리에 앉아 기다렸다. 아까 경찰들이 가구를 옆으로 밀어놓고 깨끗이 청소해놓았다. 그녀 앞의 바닥은 텅 비어 있었지만, 물기가 조금 남아 있어서 아이스링크처럼 반짝거렸다.

*

날이 어두워지면서, 허리가 아프고 쩌릿쩌릿한 느낌이 다리를 타고 올라왔다. 그녀가 주머니에서 손을 빼자 손에 목록이 들려 있었다. 목록에는 다음과 같은 글이 적혀 있었다.

모든 것을 분류할 것.
필요 없는 물건은 기부할 것.
중요한 것은 잘 싸둘 것.
죽음에 집중할 것.
그가 참견하면, 무시해버릴 것.

그녀는 그중에서 몇가지가 바뀔 것 같은 예감이 들었다. 물론 어떤 것을 바꿀지 좀처럼 결정을 못 내리겠지만, 부당하게도 계속 숨을 쉬면서 공기가 폐 안으로 들어오게 되리라는 것을 알고 있었다. 그녀는 몸을 꼿꼿이 세우고 몸이 아직도 반응하는지 확인하려고 했다. 목록은 열일곱 글자로 이루어져 있었는데, 그녀는 글자 하나하나를 세심하게 살펴보았다.

*

밤이 이슥해질 무렵 그녀는 잠자리에 들기 위해 방으로 건너갔다. 막 잠이 들려고 하는데 초인종이 울렸다. 잠기운이 완전히 가시지 않아 머리가 잘 안 돌아가는 와중에도 그녀는 이번 초인종 소리가 왠지 다르고 위험하다는 것을 직감했다. 그녀는 침대 가장자리를 잡고 일어나 불도 켜지 않고 거실로 갔다. 그녀는 밖에서 문 두드리는 소리를 들으며 뼈가 바닥에 부딪히는 소리를 다시 떠올렸다. 지칠 대로 지쳐 있어 정신이 멍했지만, 그 덕분에 두려움에서 어느 정도 헤어날 수 있었다. 그녀는 현관문의 작은 구멍을 통해 밖을 엿보았다. 쇠창살문 뒤, 인터폰 옆에서 어두운 그림자가 버티고 서 있었다. 그림자의 정체는 바로 그 아이였다. 아이는 왼손으로 오른팔을 움켜잡고 있었다. 마치 오른팔이 아프거나 다친 사람처럼 말이다. 아이는 다시 초인종을 눌렀다. 롤라는 인터폰을 들고 숨을 내쉬었다.

"제발 문 좀 열어주세요." 아이가 말했다. "문 좀 열어달라고요."

아이는 오른쪽 길모퉁이 쪽을 쳐다보았다. 정말 겁에 질린 듯한 표정이었다.

"드릴이 어디 있지?" 롤라가 말했다. "드릴이 없어졌다는 걸 그가 몰랐을 것 같니?"

아이는 다시 길모퉁이 쪽으로 고개를 돌렸다.

"차고에 들어가면 안 될까요?" 아이의 입에서 고통스러운 신음 소리가 흘러나왔지만, 롤라가 보기에는 일부러 꾸며낸 소리 같았다. "아저씨와 이야기 좀 해도 될까요?"

롤라는 인터폰을 끊고 서둘러 차고로 갔다. 그 순간, 아드레날린이 솟구치면서 그녀의 몸은 그 상황에 맞게 반응했다. 그녀는 뒷문과 창문을 모조리 잠갔다. 그런 다음 방으로 가서 창문을 잠갔다. 초인종이 울리고, 또 울리고, 다시 울렸다. 그러더니 더이상 소리가 나지 않았다.

*

다음 날 아침, 그녀는 경찰에서 연락을 받았다. 전화를 건 사람은 경무과 소속의 남자였는데, 상부로부터 아무 일 없는지 확인하라는 명령을 받았다고 했다. 남자는 자기가 그녀를 깨웠다는 것을 깨닫고 급히 사과했다. 그는 그의 시신이 지금 영안실에 있는데, 그날 오후에 그녀에게 인도하겠다고 전했다. 그리고 그녀가 원할 경우, 토요일에 장례식을 치를 수 있도록 상조 업체와 계약하면 그쪽에서 시신을 거기로 모시고 갈 거라고 덧붙였다. 롤라는 전화를 끊고 부엌으로 갔다. 그러고는 냉장고 문을 열고 다시 닫았다. 시계를 보니, 페테르손 박사의 프로그램 시간이 다가오고 있었다. 그녀는 거실로 가서 소파에 앉았지만, 텔레비전을 켤 힘이 없었다.

*

　그는 상자 하나를 남겼다. 롤라는 그 상자를 차고 바닥에서 찾았다. 그 상자는 텃밭으로 통하는 문 바로 앞에서 다른 상자들 ─ 그녀의 것들 ─ 과 마주 보고 있었다. 그것은 다른 상자에 비해 크기가 작았다. 『내셔널 지오그래픽』 컬렉션을 담아두었다고 보기에는 너무 가벼웠고, 스패너나 핫초코 상자를 넣어두었다고 보기에는 너무 무거웠다. 그녀는 상자를 들고 거실로 가서 탁자 위, 그녀의 목록 옆에 올려놓았다. 상자 앞면에는 그녀가 물건 목록을 작성할 때 사용하던 라벨이 아주 깔끔하게 붙어 있었다. 라벨 첫째 줄에 그의 이름이 적혀 있었다. 그녀는 그것을 큰 소리로 읽었다.

*

거의 모든 것이 황폐해지고 말았다. 방에서 창밖을 내
다보면, 텃밭에 토마토와 레몬나무 몇그루만 남아 있었다.
앞마당을 아름답게 장식하고 있던 아프리카봉선화, 초롱
꽃, 진달래도 더이상 피지 않았다. 우편물이 쇠창살 출입
문 바로 옆 우편함에 쌓여 있었지만, 아무도 집으로 가져
오지 않았다. 요구르트는 물론, 비스킷, 참치 캔, 스파게티
면도 다 떨어지고 없었다. 책상 서랍 맨 위 칸에는 '돈은 여
기'라고 적힌 쪽지가 붙어 있었다. 그의 침대 옆 탁자에도
똑같은 쪽지가 하나 더 붙어 있었는데, 장례 업체 직원 ──
그는 그녀가 굳이 집을 나가지 않아도 필요한 일을 모두
처리해주었다 ── 와 식품점에서 닭고기를 가져오는 식품
점 배달 소년을 위해 그 서랍은 일주일 내내 열려 있었다.
그래서 이제 그 쪽지에 적힌 글은 두꺼운 매직으로 지워버
렸다. 현관문 앞에 쓰레기봉투 몇개가 쌓여 있었는데, 그
건 환경미화원들이 귀찮아서 울타리를 뛰어 넘어 들어와
수거해가지 않았기 때문이었다. 그래도 롤라는 날씨가 추
워서 쓰레기가 썩지 않을 것이라고 믿고 있었다. 시급히
해결해야 할 문제들이 있었지만, 그녀는 다시 정신을 집중
해서 정말로 중요한 것이 무엇인지 기억해내고 결정을 내
리기가 여간 힘들지 않았다. 그녀는 기존 목록에 새로운

항목을 추가했다. '그는 죽었다.' 그녀는 그 항목을 별도의 목록에 넣어야 할지 곰곰이 생각해보았다. 하지만 중요한 것은 기억해야 할 것과 기억할 필요가 없는 것을 구분하는 것이었으며, 그런 의미에서 모든 항목은 저마다 정당한 가치를 가지고 있었다. 그가 죽었다는 사실을 염두에 두면서부터 그녀는 집 안의 특정한 물건들의 상태가 어떤지 더이상 고민할 필요가 없었다. 만약 그녀가 어떤 일에 집중하거나 몇시간 동안 이런저런 물건들을 진지하게 분류하고 라벨을 붙인다면, 또는 텔레비전 앞에서 권장하는 것보다 더 많은 시간을 보낸다면, 잠시 고개를 들어 그의 소리를 듣고 집 안을 돌아다니며 그를 찾아보고, 그가 무엇을 하고 있는지 추측하곤 했다.

그러던 어느 날 밤, 그녀는 텔레비전 앞에 있다가 화장실에서 나는 소리를 들었다. 작은 돌멩이들이 유리창에 부딪치는 소리 같았다. 저 소리는 전에도 들은 적이 있지 않았던가? 무슨 까닭인지 그녀는 자기 집 마당과 이웃집 여자의 마당 사이에 쳐져 있는 쥐똥나무 생울타리를 떠올렸다. 그리고 그 도랑을 떠올렸다. 소리가 더 들렸다. 그 소리는 몇초 동안 끈질기게 반복되었다. 롤라는 그 소리에 정신이 팔릴 뻔했지만, 갑자기 뇌리에 새로운 예감이 스쳐지나가면서 중요한 것이 생각났다. 그녀는 그것을 몸으로 느꼈다. 그것은 그녀에게 경각심을 불러일으키는 일종의 신체적 경고였다. 그녀는 텔레비전 볼륨을 줄였다. 그러고 나서 한 손은 무릎 위에, 다른 손은 의자 등받이에 올려놓고, 엉덩이를 살짝 들어 올리며 거실 중앙으로 몸을 기울였다. 그녀는 이미 일어 서 있었다. 그녀는 차고로 가서 불을 켰다. 천장에 달린 커다란 전구 두개가 상자들을 비추었다. 자동차는 그가 마지막으로 사용한 후로 밖에 방치되어 있었기 때문에 이제는 대부분의 물건이 상자 안에 들어 있었다. 그녀는 자신이 해놓은 일의 규모가 얼마나 되는지 전혀 몰랐던 것처럼 이제야 싸놓은 상자들을 한꺼번에 다 보았다. 그녀는 방금 지나친 가구들에 대해 생각하면서, 실제로 안이 텅 비어 있으리라는 것을 깨달았다. 그러고는 등 뒤에 있는 작업대를 돌아보았다. 예전 같으면 못 항아리, 밧줄, 전선, 연장 따위가 어지럽게 널려 있었을 텐데, 이제는 말끔히 정리되어 있었다. 그녀는 그 일을 언제, 어떻게 했는지 잘 알고 있었다. 하지만 갑자기 어떤 이가 짐을 정리하고 있을지도 모른다는 생각이 들자 겁이 덜컥 났다. 바로 그 순간, 그녀는 언젠가 차고의 물건을 정리할 생각으로 갔다가 이미 깨끗이 정리되어 있는 것을 본 기억이 났다. 그리고 화장실 캐비닛을 열었다가 안이 텅 비어 있는 것을 보고 화들짝 놀랐던 일과 현관문 앞에 쌓여 있는 쓰레기더미, 잡초로 뒤덮인 텃밭을 보고 기겁했던 일이 기억났다. 숨이 점점 가빠졌지만, 그녀는 침착성을 잃지 않기 위해 정신을 집중했다. 상자들 위에 더 작은 상자 하나가 놓여 있었다. 나머지 상자들과는 분명히 달랐다. 상자에 비해 너무 무거운 물건을 넣는 경우 그녀라면 판지가 찢어지지 않도록 우선 접힌 부분을 따라 테이프로 둘렀지, 저렇게 십자형으로 교차시켜 붙이지는 않았을 것이다. 그녀는 거기로 다가갔다. 그녀가 상자를 포장할 때 사용하는 라벨에 그의 이름이 적혀 있었다. 그런데 바로 그 순간, 그녀도 그 사실이 기억났다. 그는 이미 세상을 떠났지만, 생전에 그 상자를 포장했다는 사실 말이다. 그런데 그 아래 또다른 라벨이 붙어 있었다. 거기에는 그녀의 손 글씨로 '열지 마시오'라고 쓰여 있었다. 하지만 그녀는 그 상자를 벌써 열어 봤는지, 또 그것이 일종의 경고인지 기억나지 않았다. 어쩌면 그녀가 기억하지 못하는 것들이 더 많이 있었을지도 모른다. 그녀는 기존 목록 말고도 다른 항목들, 그러니까 잊지 말아야 할 것들을 새로 적어야 했다. 공책을 찾으러 부엌에 가보니, 운 좋게도 예상한 곳에 공책이 있었다. 그녀는 차고로 돌아가려다 걸음을 멈추었다. 냉장고 문에 쪽지가 하나 붙어 있었다. 공책에서 뜯어낸 종이였는데, '내 이름은 롤라, 여기는 내 집이다'라고 쓰여 있었다. 그녀가 손으로 쓴 글씨였다. 그녀의 몸속 깊은 곳에서 울려 퍼지는 듯, 불쾌하고 으스스한 소리가 들렸다. 그녀는 그것이 자기의 숨소리라는 것을 깨달았다. 그녀는 부엌 조리대를 붙잡고 창문 앞에 설거지할 때 사용하는 작은 의자 쪽으로 간신히 발걸음을 옮겨 갔다. 그러고는 밖에 주차된 차와 앞마당에 있는 나무를 보았다. 그녀는 방금 전에 그 나무줄기가 부풀어 오르지 않았을까, 그리고 그 아이가 그 뒤에 웅크리고 앉은 채, 집 안으로 들어오려고 방심하는 순간을 노리고 있지 않았을까 하는 생각이 들었다. 그녀는 그처럼 위험한 상황에 처해 있었지만, 그가 옆방에서 잠든 동안에도 자신은 여전히 그곳에서 집안일, 장보기, 쓰레기 등 세상 모든 일을 떠맡아 처리하고 있다는 것을 깨달았다.

*

중요한 것은 뭐였을까? 그녀는 배가 고팠지만, 금방 잊어 버렸다. 그녀는 차고에 갔다고 거실로 돌아와 그의 안락의자에 앉았다. 그녀는 바닥에 있던 『내셔널 지오그래픽』 두 권을 집어 들면서 그들이 거기서 무엇을 하고 있었는지 생각해보았다. 그때 문을 두드리는 소리가 났다. 누군가 밖에 있었다. 어쩌면 전에 문을 두드린 것도 그들이었는지 모른다. 그녀는 자기가 무엇을 하고 있었는지 잊지 않기 위해 잡지를 들고 문을 열러 갔다. 옆집 여자였다. 롤라는 눈 밑이 거무스름하게 변한 그녀의 모습을 보고 움찔 놀랐다. 옆집 여자는 그녀가 괜찮은지 물어보려고 했다. 롤라는 어떻게 대답하면 좋을지 생각할 시간이 필요했고, 마치 과거의 그 시절로 되돌아간 것 같았다. 그녀는 그 아이를 떠올렸다. 그러고는 그가 오후 내내 그 아이와 함께 보내곤 했다는 사실을 떠올렸다. 또 식품점에서 어떤 일이 일어났고, 그 아이가 사라졌다는 사실도 떠올렸다. 그러다 상자들도 떠올렸고, 오래 전부터 죽고 싶어했지만 그가 떠난 지금도 자기는 여전히 살아 있다는 사실을 떠올렸다.

"뭐 필요한 거 있나요?" 그 여자가 물었다.

롤라는 약간 몸을 구부리며 손을 가슴에 얹었지만, 곧바로 고개를 들었다.

"나는 아파요." 그녀가 말했다. "곧 죽을 거예요."

"아, 그래요." 여자가 말했다.

두 여자는 잠시 침묵을 지켰다. 마침내 길거리 쪽으로 한걸음 내딛던 옆집 여자가 갑자기 롤라를 향해 돌아섰다.

"당신이 내게 주겠다고 한 상자들 말인데요…… 아직 가지고 있어요?"

"상자들……"

롤라는 상자에 대해 생각했다. 그리고 남은 상자가 있는지 — 이제는 남은 게 없었다 —, 그 순간에 어떻게 하면 좋을지 생각했다. 이삿짐을 싸기 위해 상자가 필요한 거라면 — 그러면 딱 좋을 텐데 — 이미 포장해놓은 상자를 비

위 주고, 나중에 돌려달라고 하면 될 것 같았다. 그런데 그 여자는 뭔가 다른 목적으로 상자를 쓰려는 눈치였다. 만약 그렇다면, 그 여자는 상자를 자기가 갖거나 어디에 기부할 수도 있고 아니면 쓰고 태워버릴 수도 있었지만, 어떤 경우든 롤라가 빌려준 상자를 다시 보기는 어려울 듯했다.

"상자는 어디에 쓰려고 그래요?" 롤라가 물었다.

"아들이 남긴 물건을 보관해두려고요."

"이제 아들과 같이 살지 않아요?"

"롤라, 내 아들은 이미 죽었어요. 벌써 몇번이나 말했잖아요."

무언가가 풀어지면서 부풀어 올랐다. 목에 걸린 알약이 마침내 녹아내리는 것처럼 롤라는 식도 근처에서 그런 느낌이 들었다. 그녀는 핫초코에 관해, 그리고 그의 텃밭에 수북이 쌓인 낙엽 위에 펼쳐져 있는 의자에 관해 생각했다. 그러다 『내셔널 지오그래픽』이 자기 오른손에 매달려 대롱거리는 것을 보고, 그녀는 그가 잡지를 다시 헝클어놓은 것은 아닌지, 그가 게으르고 집 안을 어질러 놓는 것 또한 자기 책임이 아닌지 생각해보았다.

"아이는 도랑에서 발견됐어요." 그녀가 말했다. 롤라는 그 여자가 자기를 왜 그런 식으로 쳐다보는지 의아했다. "정말 아무 소리도 못 들으셨어요? 경찰이 몰려왔는데도 몰랐단 말이에요?"

여자가 앞으로 한걸음 내딛으면 롤라는 한걸음 뒤로 물러서야 했고, 둘은 결국 집 안으로 들어설 수밖에 없었다. 아주 위험한 상황이었다.

"우리 아이가 몇시간째 저 도랑에 있다고 경찰에 신고한 사람이 있대요. 하지만 그때는 이미 너무 늦었죠."

롤라는 주머니에 손을 넣고 낡은 꼬깃꼬깃 구겨진 목록 종이를 만지작거렸다. 자기가 새로운 항목을 적어놓았다는 것을 직감으로 느꼈지만, 그것이 어떤 내용인지 기억나지 않았다. 그런데 그 순간 종이를 꺼내 살펴본다면, 여자에게 결례가 될 것 같았다.

"내 생각엔 당신이었던 것 같아요." 여자가 말했다.

롤라는 잠시 기다렸다. 그러고는 여자를 의심스러운 눈빛으로 바라보았다.

"그게 무슨 소리죠?"

"도랑에서 내 아들을 봤잖아요."

"당신은 대체 누구죠?"

"당신은 내가 누군지 모르지만, 저 상자들은 항상 기억하더군요."

롤라는 주머니 속에 있는 종이를 만지작거렸다. 당장 종이를 꺼내 목록을 읽어야 할 것 같았다.

"안타깝지만 상자를 빌려드릴 수 없네요. 빈 상자가 하나도 없거든요."

롤라는 그 많은 상자 속에 무엇이 들어 있는지 생각하자 금세 기억이 떠올랐다. 그러고 나자 그가 생각났다. "맙소사, 그가 죽었어요……"

"맞아요. 아무리 봐도 경찰에 신고한 사람은 당신이었던 것 같아요."

그 말을 듣자 롤라는 다시 혼란스러워졌다.

"미안한데, 무슨 말인지 이해가 잘 안 되네요."

롤라는 어쩔 수 없이 목록을 꺼내 펴서 혼자 속으로 읽기 시작했다. 목록에는 이렇게 적혀 있었다.

망가진 물건은 버릴 것.
중요한 것은 잘 싸둘 것.
죽음에 집중할 것.
그는 죽었다.

그 여자가 앞으로 한걸음 내딛자 그녀는 한걸음 뒤로 물러섰다. 둘은 결국 집 안에 들어와 있었다. 롤라가 본능적으로 그 여자를 밀치자, 그녀는 그 기세에 눌려 뒷걸음질치면서 하마터면 두 계단 아래 길바닥으로 주저앉을 뻔했다. 롤라는 곧장 문을 닫고 자물쇠를 잠근 다음, 기다렸다. 그녀는 1분 동안 침묵과 문고리에 주의를 기울이면서 기다렸다가, 또다시 1분을 기다렸다. 아무 일도 일어나지 않았다. 2분도 꽤나 긴 시간이다. 무릎과 발목이 아팠지만 그녀는 계속 기다렸다. 그녀는 용기를 내어 작은 구멍으로 밖을 내다보았다. 그 여자는 가고 없었다. 그녀는 펜을 찾아, 목록 마지막에 한가지 항목을 더 추가했다.

옆집 여자는 위험하다.

그러고는 목록을 다시 읽었다. 중요한 것이 많았기 때문에, 처음 두 항목은 굳이 거기에 적어둘 필요가 없었다. 그래서 그것들을 지우고, 마지막에 다른 항목을 썼다. 이제 목록에는 다음과 같이 적혀 있었다.

죽음에 집중할 것.
그는 죽었다.
옆집 여자는 위험하다.
기억이 나지 않으면 일단 기다려라.

*

그녀는 시끄러운 소리에 잠에서 깼지만, 눈을 뜨지 않은 채 잘했다며 스스로를 다독였다. 이제는 앞마당에 누군가 침입한 것도, 울타리 쇠창살을 두드린 것도 아니니까 말이다. 그 소리는 방 안 가까운 곳에서 어렴풋하게 들렸다. 만약 지금 눈을 뜨면 끔찍한 일을 마주해야 될지도 모른다는 생각이 들었다. 그녀는 우선 눈꺼풀을 조절하는 데 집중했다. 그녀는 죽음을 맞이할 마음의 준비가 되어 있었다. 지금 당장 이렇게 죽을 수만 있다면 얼마나 좋을까. 그녀는 더이상 고통을 받기도, 다른 이들 때문에 마음의 상처를 입고 싶지도 않았다. 바로 그때, 다시 나무 바닥에 뭔가가 부딪치는 소리가 났다. 사람의 소리가 틀림없었다. 그일까? 아냐, 그럴 리 없어. 그녀는 혼자 속으로 중얼거렸다. 그는 이미 죽었어. 그녀는 마침내 눈을 떴다. 그 아이가 침대 발치에 서 있었다. 그 아이의 얼굴은 검은 실루엣으로만 보일 뿐, 제대로 보이지 않았다. 그 아이에게 어떻게 들어 왔는지 묻고 싶었지만, 말이 나오지 않았다. 그녀는 겁에 질려서 그런 건지, 아니면 그 아이가 자기에게 무슨 짓을 해서 말도 못하고 비명도 못 지르게 한 것이 아닌지 의아했다. 그 아이는 팔을 움켜잡으며 천천히 침대 가장자리에 앉았다. 롤라는 아이의 몸에 닿지 않기 위해 발을 움직이고 다리를 구부려야만 했다. 그 아이는 생각보다 더 여위고 창백하게 보였다. 그 아이는 그녀를 빤히 바라보았다. 아이의 얼굴은 어둠에 완전히 가려져 있어서 어떤 표정을 짓고 있는지 알 수 없었다. 그 아이가 그녀를 놀라게 할 때마다 남편은 대체 어디에 있었던 걸까? 그 아이가 일어나 부엌으로 걸어갔지만, 그녀는 아무것도 할 수 없었다. 그 아이가 내는 소리를 좇을 뿐이었다. 그녀는 그가 비틀거리며 걷는 소리를 들었다. 그러다 두번 가구에 부딪치는 소리가 들렸다. 아이는 부엌 찬장 문을 차례대로 열었다. 마지막으로 쾅 소리가 나자 주위가 조용해졌다. 아이가 핫초코를 찾았을까?

*

나뭇결이 보였다. 그녀는 눈을 감고, 다시 떴다. 그녀는 거실 바닥에 누워 있었다. 바닥에서 무엇을 하고 있었던 걸까? 그녀는 목록이 있는지 확인하려고 앞치마 주머니를 뒤졌지만, 거기에는 없었다. 바닥에 대고 있던 옆구리가 쑤셨다. 그녀는 천천히 일어나면서 다리가 제대로 움직이는지 확인했다. 평소 그 부위에 느껴지던 통증이 여전히 계속되고 있었다. 그녀는 부엌으로 갔다. 쓰레기봉투가 복도 빈 선반에 기대어 있었다. 그녀는 부엌을 지나 차고로 들어갔다. 그녀가 기억하던 것보다 상자가 훨씬 더 많았다. 어쩌면 그가 자기 몰래 짐을 포장하고 있었을지도 모른다는 생각이 들었다. 그녀가 주머니 속에 손을 넣자, 손가락에 붕대가 감겨 있다는 것을 알아차렸다. 그녀는 붕대를 보기 위해 손을 꺼냈다. 자세히 보니 오른손 검지와 엄지, 그리고 왼손 손목 전체에 붕대가 감겨 있었다. 붕대는 모두 말라붙은 붉은색으로 얼룩져 있었다. 그녀는 갑자기 배가 고파져 부엌으로 돌아갔다. 수도꼭지 위에 '열 때는 왼쪽으로, 닫을 때는 오른쪽으로 돌릴 것'이라는 쪽지가 붙어 있었다. 그리고 한쪽에는 '왼쪽'이라는 쪽지가, 그 반대편에는 '오른쪽'이라고 적힌 쪽지가 붙어 있었다. 우유는 밖에, 그러니까 가스레인지 위에 놓여 있었는데, '냉장고에 보관할 것'이라는 쪽지가 붙어 있었다. 그 너머에는 목록이 놓여 있었다. 그런데 그건 그녀의 목록, 중요한 것들을 적어놓은 목록이 아니었다. 그 목록에는 '우유가 쏟아지지 않도록 우유 봉지를 그릇에 넣어둘 것'이라고 적혀 있었다. 그녀는 거기에 아직 우유가 조금 남아 있는지 몰라 목록을 더이상 읽지 않고 쓰레기통에 버렸다. 바로 그때, 등 뒤에서 그르렁거리는 소리가 들렸다. 사방이 조용했지만, 자신의 공간을 훤히 알고 있을 뿐만 아니라 경계를 늦추지 않고 있던 그녀는 그 소리를 들을 수 있었다. 그녀는 그 소리를 다시 들었다. 이번에는 천장에서 났다. 그러고 나자 훨씬 더 가까운 곳에서 다시 그 소리가 들렸다. 그 소리는 그녀를 완전히 둘러싸고 있었다. 그 소리는 깊고 거친 코골이처럼, 집 안에 웅크리고 있는 커다란 짐승의 숨소리처럼, 들렸다가 사라졌다. 그녀는 천장과 벽을 쳐다보다 창밖을 내다보았다. 그러고는 혼잣말을 하면서 자기는 이미 그 소리를 들었고, 그 덕분에 자기가 해야 할 일을 점점 더 미루고 있다는 것을 떠올렸다. 그녀는 더이상 방심해서는 안 된다고 다짐했다. 그녀가 해야 할 일은 과연 무엇이었을까?

*

집 안에 있던 거울 세개가 모두 깨져 있었다. 깨진 유리 조각이 바닥에 흩어져 있었고, 벽에는 더 많은 파편이 군데군데 박혀 있었다. 그 남자아이의 소행이 틀림없었다. 그 아이, 그의 아이는 찬장에 있던 음식을 모조리 가져갔고, 눈에 띄는 건 죄다 박살내고 있었다. 그 아이가 핫초코도 가져갔을까? 그녀는 침대에서 일어나 앉았다. 뭔가 시큼하고 퀴퀴한 냄새가 물씬 풍겨 왔다. 그녀는 스타킹을 신고 샌들을 신었다. 그때 다시 그 소리가 들렸다. 그 아이가 집에 들어와 닥치는 대로 훔치고, 부수고, 먹어 치우고 있었다. 그녀는 일어나—너무 화가 나서 더이상 참을 수 없었다—가운의 허리띠를 동여매면서 방을 나갔다. 그러고는 현관문으로 갔다. 문에 '열쇠를 잊지 말 것'이라는 쪽지가 붙어 있었기 때문에 그녀는 열쇠를 들고 밖으로 나갔다. 아침인 줄로만 알았던 그녀는 오후 햇살에 깜짝 놀랐지만, 이제부터는 새로운 계획에 집중해야 한다고 스스로에게 다짐했다. 그녀는 쓰레기를 피해 잡초를 헤치며, 활짝 열려 있는 쇠창살 대문을 통해 보도로 나갔다. 잠시 머뭇거리다가 자기 발과 물에 젖은 샌들을 내려다보았다. 그러고는 다시 그 여자의 집 대문으로 걸어가 초인종을 눌렀다. 모든 일이 눈 깜짝할 사이에 일어났다. 그녀는 통증을 느끼지도, 호흡기 합병증을 일으키지도 않았다. 여자가 문을 열었을 때, 롤라는 자기가 지금 잘하고 있는 것인지 확신이 서지 않았다.

"안녕하세요?" 롤라가 말했다.

옆집 여자는 롤라를 빤히 쳐다보았다. 그 여자는 너무 마르고 안색이 창백해서, 어디가 아프거나 마약 중독을 겪고 있는 것이 분명해 보였다. 롤라는 그 여자에게 할 말이 어떤 결과를 초래할지 점점 걱정이 되었다.

"당신 아들이 우리 집에 들어와 물건을 훔치고 있어요."

그리고 그 여자는 눈 밑이 푹 꺼져서 퀭해 보였다.

"그 아이가 찬장을 다 털어 갔다고요."

그 순간, 그 여자의 눈 속 깊은 곳에서 번쩍 불꽃이 튀면서 표정이 갑자기 굳어졌다.

그 여자는 공기를 들이마셨다. 그렇게 왜소한 여자가 필요한 것보다 훨씬 더 많은 공기를 말이다. 그러고는 마치 롤라가 집 안으로 들어오려고 한 것처럼 문을 닫아버렸다.

"부인······"

"그리고 그 아이가 그런 짓을 한 게 이번이 처음이 아니라고요."

"내 아들은 죽었어요."

그 여자의 입에서 자동응답기처럼 차가운 금속성 소리가 흘러나왔다. 그러자 롤라는 사람들이 어떻게 아무 거리낌 없이 그런 말을 할 수 있는지 믿기지 않았다.

"당신 아들은 우리 집 뒤편에 살고 있어요. 그리고 우리 집에 있는 거울을 죄다 깨부수고 있다고요." 그녀는 강한 어조로 단호히 말했지만, 그렇게 한 것을 후회하지 않았다.

여자는 한발짝 뒤로 물러나 주먹으로 관자놀이를 꽉 눌렀다.

"이제 더이상 참을 수가 없네요. 더는 못 참겠다고요." 여자가 말했다.

롤라는 주머니에 손을 넣었다. 거기서 뭔가 중요한 것을 찾아야 한다는 걸 알고 있었지만, 그게 무엇인지 기억나지 않았다.

"진정하세요." 롤라가 말했다.

여자는 고개를 끄덕이며 한숨을 내쉬고 주먹을 내렸다.

"롤라." 그 여자가 말했다.

그 여자는 그녀의 이름을 어떻게 알았을까?

"롤라, 내 아들은 죽었어요. 그리고 당신은 아파요." 말을 마치자 그녀는 휘청거리며 뒤로 한걸음 물러섰다. 롤라

142

의 눈에 그녀는 술에 취했거나 정신이 혼미해서 몸을 제대로 가누지 못하는 사람처럼 보였다. "당신은 아파요, 무슨 말인지 아시겠어요? 그리고 당신은 우리 집 초인종을 누른다고요……" 그녀의 눈에 눈물이 가득 고여 있었다. "그것도 매일같이 말이죠."

여자는 자기 집 초인종을 두번 눌렀다. 그러자 귀에 거슬리는 소리가 그들의 머리 위로 울려 퍼졌다.

"당신은 항상 이렇게 초인종을 누른다고요." 그녀는 손가락이 구부러질 정도로 다시 초인종을 세게 눌렀고, 그 정도로는 성에 차지 않는다는 듯이 난폭하게 다시 한번 더 눌렀다. "그래놓고는 기껏 한다는 소리가 뭔지 아세요? 내 아들이 당신 집 뒤편에 살아 있다고." 그녀의 목소리가 갑자기 높아졌다. "내 아들은 말이에요. 내 아들은 당신이, 멍청한 노인네가 제때 경찰에 신고하지 않아서 내 손으로 땅에 묻었다고요."

그 여자는 롤라를 밀치고 문을 쾅 닫아버렸다. 롤라는 그녀가 안에서 우는 소리를 들었다. 발걸음을 돌리자 그녀가 울부짖기 시작했다. 그때 집 뒤쪽에서 다시 쿵하는 소리가 났다. 그녀는 제자리에 서서 멍하니 샌들을 내려다보았다. 샌들이 너무 젖어서 시멘트 위에 자국이 조금 남아 있었다. 그녀는 그것이 정말 샌들 자국인지 확인하기 위해 몇걸음 걷다가 하늘을 쳐다보았다. 그녀는 페테르손 박사의 프로그램이 곧 시작될 거라는 사실을 깨달았지만, 자기가 왜 여기까지 왔는지 생각나자 문까지 도로 두 계단을 올라가 벨을 눌렀다. 그러고는 기다렸다. 정신을 집중하자 집 안쪽에서 무슨 소리가 들렸다. 그녀는 다시 샌들을 내려다보았다. 샌들은 여전히 젖어 있었다. 페테르손 박사의 프로그램이 이제 곧 시작될 거라는 사실을 다시 떠올리며, 숨 가쁘게 걷지 않고 가능한 한 빨리 집에 갈 수 있는 방법을 궁리하며 천천히, 아주 천천히 계단을 내려갔다.

*

하지만 롤라는 슈퍼마켓에서 일어난 사건을 또렷이 기억하고 있었다. 그날 그녀는 통조림 코너에서 새로 나온 제품을 찾고 있었다. 슈퍼마켓 직원들이 에어컨을 제대로 작동시키지 않아서 매장 안이 굉장히 더웠다. 그런데 물건 가격이 아직도 생생하게 기억난다. 예를 들어 소변이 마려워 방광이 눌리는 느낌이 들었을 때, 그녀가 손에 들고 있던 참치 캔의 가격은 10페소 90센타보였다. 바로 그 순간, 그녀는 조금 떨어진 곳의 유제품 코너 부근에서 요구르트를 고르느라 여념이 없는 여자를 보았다. 그 여자는 마흔 살 정도 되어 보였는데, 몸집이 몹시도 건장했다. 그래서 롤라는 저런 여자라면 장차 어떤 짝을 만나게 될까, 그리고 만약 내가 저 나이에 저랬더라면 조금이라도 살을 빼는 방법을 찾아냈을 거야, 하고 생각할 수밖에 없었다. 방광이 다시 눌리는 느낌이 들었다. 이번에는 평소보다 더 세게 눌리는 것 같았다. 롤라는 이제 참을 수 있는 정도가 아니라 결국 사달이 날 것 같다는 생각이 들었다. 다시 아랫배가 눌리는 느낌이 들자 겁에 질린 그녀는 참치 캔을 바닥에 떨어뜨리고 말았다. 그녀는 그 여자가 자신을 향해 돌아서는 것을 보았다. 그녀는 혹시나 오줌을 찔끔 지릴까 봐 두려웠다. 그녀는 수치스러운 마음에 침을 꼴깍 삼켰다. 전에는 그런 일이 한번도 없었기 때문에 그녀는 아랫도리가 조금 축축해져도 단지 몇방울 지렸을 뿐이라고, 그래서 입고 있던 치마에 아무 자국도 남지 않을 거라고 혼잣말처럼 웅얼거렸다. 바로 그때, 그 아이가 눈에 띄었다. 그 아이는 그 여자의 쇼핑 카트에 앉아 롤라를 쳐다보고 있었다. 그녀는 그 아이가 누구인지 한동안 알아보지 못했다. 얼핏 보아서는 쇼핑 카트의 아기용 의자에 앉아 있는 두어살 정도 된 평범한 아이나 다름없었다. 그녀는 자기를 빤히 쳐다보고 있는 반짝이는 검은 눈동자, 쇼핑 카트의 쇠막대를 꽉 잡고 있는 자그마한 손을 보고, 아이가 그 여자의 아들이라고 확신했다. 소변의 따뜻하고 축축한 기운이 팬티 모양을 따라 퍼져나갔다. 그녀가 어설프게 뒤로 두걸음 물러서는 순간, 그 여자가 자기를 향해 다가오

고 있었다. 그러고는 또다른 일이 일어났다. 그건 병원 의
사나 그는 물론, 그 누구에게도 말할 수 없는 일이었다. 그
녀가 지금도 여전히 그것을 기억하고 있는 것은 그날 일에
대해 하나도 잊지 않았기 때문이다. 그녀는 그 자기를 빤
히 바라보고 있는 여자의 얼굴에서 자신의 얼굴을 보았다.
그렇다고 거울 놀이를 했던 것은 아니다. 그 여자는 삼십
오년 전의 그녀 자신이었다. 소름 끼칠 정도로 확실했다.
그녀는 뚱뚱하고 헝클어진 모습을 한 채 똑같은 반감을 품
고 다가오는 자기 자신을 보았다.

*

페테르손 박사는 아직 거기 있었다. 그는 텔레비전에서
그녀를 바라보며 통조림 음식을 보여주었다. 그녀는 한 손
으로 식탁을 붙잡고 서 있었다. 다른 손으로 치마를 벗으
려고 지퍼를 내렸지만, 치마는 몸에 달라붙어 꼼짝도 하지
않았다. 그래서 억지로 치마를 내려서 벗어야 했다. 그 아
이는 그의 의자에 앉아 있었다. 그녀는 그때서야 그 아이
를 발견했다. 둘은 서로를 쳐다보았다. 롤라는 그 아이가
무슨 생각을 하고 있는지, 심지어는 자신이 그 아이에 대
해 어떻게 생각하는지 알 수 없었다. 그녀가 아는 것이라
고는 배가 엄청 고프다는 것과 냉장고에 더이상 24개 들이

복숭아 크림 요구르트가 없다는 것뿐이었다. 그래서 그녀는 핫초코를 떠올렸고, 자기도 모르는 사이에 어두컴컴한 부엌에서 핫초코 가루를 한 숟가락씩 떠먹고 있었다. 그렇다면 지금껏 내내 그걸 먹었던 것이 그녀였던 것일까? 그게 가능했을까? 그는 알고 있었을까? 그는 지금 어디 있는 걸까? 그때 그녀는 깊고 낮은 소리를 들었다. 너무 낮아서 자기 몸 아래의 바닥이 부르르 떨릴 정도였다. 다시 그녀의 몸속에서 탁하고 묵직한 소리가 들렸다. 그건 그녀의 몸속 깊은 곳에서 울려오는 숨소리, 선사시대의 괴물이 그녀의 몸속 한복판에서 그녀를 고통스럽게 때리는 소리였다. 그런데 그녀는 그것이야말로 자신이 오랫동안 찾던 것이라고 직감적으로 혼잣말을 했다. 벽에 기대어 서 있던 그녀는 미끄러지며 바닥으로 쓰러졌다. 그녀는 고통에 집중했다. 그것이 정녕 죽음이라면, 고통은 그녀가 죽음을 맞이하기 위해 필요한 최후의 일격일 테니까. 그것은 그녀가 원하던 것, 그토록 오랜 세월 동안 간절히 바랐던 것이었지만, 자신은 외면한 채 그에게만 찾아왔다. 삶을 마치는 것. 그녀의 심장이 빨리 뛰고 가슴이 두방망이질하듯 두근거리면서, 잠자던 괴물을 흔들어 깨웠다. 그러고 나서 목소리가 잦아들자, 그녀는 모든 것을 내려놓고 깊은 곳으로 가라앉으면서 고난과 슬픔만을 남겨놓은 채 자취를 감추었다. 아무 소리도 들리지 않는 한 장면이 눈앞에 떠올랐다. 따뜻하던 어느 날 오후, 할아버지 시골 별장에서 야생화가 가득 그려진 파란색 드레스 치맛자락을 잡고 돌아다니던 기억. 그리고 또다른 장면. 그가 처음으로 그녀를 위해 요리했을 때, 식탁 가득 차려진 음식, 자두를 곁들여 달콤한 향기를 풍기던 스테이크. 바로 그때, 롤라는 다시 자신의 몸으로 돌아왔고, 그녀의 몸은 그녀에게 예전의 고통을 되돌려주었다. 그녀는 살을 에는 듯한 공기가 자기 몸 위로 오르락내리락하는 것을 느꼈다. 그녀의 눈앞에 마지막 장면이 나타나면서 바늘로 폐를 찌르는 듯한 통증이 찾아왔다. 그녀는 죽지 않을 것이다. 죽으려면 그의 이름을 기억해야 했고, 그의 이름은 몇 미터 앞 상자에 붙어 있는 자기 아들의 이름이기도 했다. 하지만 심연은 이미 열려 있었고, 말과 사물은 이제 빛과 더불어 전속력으로 그녀의 몸에서 멀어지고 있었다.

40제곱센티미터의 공간

시어머니가 아스피린을 사 오라고 한다. 내게 10페소짜리 지폐 두장을 주면서 가장 가까운 약국에 가는 길을 알려준다.

　"정말 혼자 가도 괜찮겠니?"

　나는 고개를 끄덕이며 문으로 향한다. 나는 방금 시어머니에게서 들은 이야기를 떠올리지 않으려고 애를 쓴다. 하지만 안 그래도 비좁은 아파트에 가득 들어찬 가구, 선반, 장식장을 피해 가느라 다른 데 신경 쓸 겨를이 없다. 나는 아파트를 나와 어두컴컴한 복도로 들어선다. 불은 켜지 않는다. 엘리베이터 문이 열리면서 저절로 불이 들어와 나를 비추는 편이 나을 것 같다.

　시어머니는 벽난로 위에 크리스마스트리를 세워놓았

다. 인조석으로 만든 가스 벽난로이지만, 그녀는 다른 아파트로 이사할 때마다 들고 가겠다며 떼를 쓴다. 연한 초록색 크리스마스트리는 난쟁이 키만 하고 빈약하다. 빨간 오너먼트들과 금빛 리스 두개가 걸려 있고, 산타클로스 인형 여섯개가 교수형에 처해진 이들처럼 나뭇가지에 대롱대롱 매달려 있다. 나는 하루에도 몇번씩 걸음을 멈추고 트리를 바라보거나, 다른 일을 하는 동안에도 머릿속으로 그 모습을 떠올려본다. 그러고는 크리스마스 때 우리 엄마가 훨씬 더 푹신푹신하고 보드라운 리스를 샀던 일과 산타클로스 인형의 눈이 원래 있어야 할 곳, 그러니까 눈구멍에 정확히 그려져 있지 않다는 사실을 떠올려본다.

시어머니가 일러준 약국에 갔지만, 문이 닫혀 있다. 밤 10시 15분이라서 아무래도 밤새 여는 약국을 찾아봐야 할 것 같다. 이 동네를 잘 모르기는 해도 마리아노에게 전화하고 싶진 않다. 나는 가장 가까운 대로가 어디 있는지 차량 통행량을 보고 추측한 다음, 그 방향으로 걸어간다. 다시 이 도시에 익숙해져야 할 것 같다.

스페인으로 떠나기 전에 우리는 세 들어 살던 아파트를 넘겨주고, 가져가지 않을 물건을 모두 정리했다. 그때 엄마가 우리 쓰라며 직장에서 상자 마흔일곱개를 가져왔다. 멘도사 와인*을 담던 상자였는데, 우리는 필요할 때마다 조립해서 썼다. 예전에 마리아노가 나와 엄마만 남겨두고 멀리 나간 적이 두번 있었다. 그때마다 엄마는 우리가 떠나는 진짜 이유를 물었다. 하지만 나는 두번 다 솔직하게 대답할 수 없었다. 이삿짐센터 트럭이 와서 포장해놓은 상자들을 보관 창고로 가져갔다. 내가 이런 걸 기억하고 있는 까닭은 '화장실'이라고 적힌 상자에 아스피린 한 상자가 들어 있다는 사실을 분명히 알고 있기 때문이다. 부에노스아이레스에 돌아왔지만, 아직 그 상자들을 찾으러 가진 못하고 있다. 우선은 앞으로 살 아파트부터 구해야 하고, 그에 앞서 우리가 잃은 돈의 일부라도 다시 모아야 한다.

얼마 전 시어머니가 내 앞에서 끔찍한 이야기를 들려주었다. 그런데 그 이야기를 아주 자랑스럽게 내뱉을 뿐만 아니라, 누군가가 이를 글로 써야 한다고까지 했다. 그 일은 시어머니가 이혼하기 전, 그러니까 그 집을 팔아 스페인에 갈 여비에 보태주기 전에 일어난 일이다. 시어머니는 이야기를 마치자 혈압이 떨어지고 두통이 심해져서 내게 아스피린을 사 오라고 했다. 시어머니는 나도 엄마가 보고 싶을 텐데 왜 연락을 안 하려고 하는지 이해하지 못한다.

큰길 건너에 약국이 하나 보인다. 나는 횡단보도 앞에서 신호등이 바뀌기를 기다린다. 이 약국도 문을 닫았지만, 다행히 문에 밤새 여는 약국 이름이 적혀 있다. 내가 생각한

* 아르헨티나의 대표적인 와인 생산지로 안데스 산맥 동쪽 고지대에 위치한다. 아르헨티나 와인 생산량의 70퍼센트 이상을 차지하고 있다.

방향이 맞는다면 산타페 대로 맞은편, 카란사역* 선로를
지나서 약국이 한군데 있다. 거기는 네 블록 정도 떨어진
거리에 있는데, 벌써 집에서 꽤 먼 곳까지 온 셈이다. 지금
쯤 마리아노가 집에 와서 어머니에게 내가 어디 나갔는지
물으면, 어머니는 밤 10시 반에 잘 알지도 못하는 동네에
서 며느리한테 아스피린 심부름을 시켰다며 일일이 설명
할 수밖에 없을 것이다. 진짜 그렇게 된다면 좋을 것 같다.
그러다가 왜 그렇게 되면 좋은지 의아한 생각이 들었다.

　시어머니가 내게 가장 먼저 한 이야기는 자기가 집 식당
한가운데에 서 있었다는 것이다. 남편은 직장에 있었지만,
곧 집에 올 시간이었다. 아들 넷도 모두 나가고 없었는데,
그중 한명은 아버지와 함께 일하고 있었고 나머지는 학교
에 갔다. 시어머니는 전날 밤에도 남편과 대판 싸우고 이
혼을 요구했다. 안 그래도 큰 집인데, 그녀가 관리를 제대
로 하지 않은 탓에 집 안이 엉망이었다. 결국 여자 청소부
가 집안일을 떠맡게 되었다. 시어머니는 옷장에 뭐가 들어
있는지, 찬장에 뭐가 들어갔는지 더이상 알 수 없게 되었
다. 온 식구가 식탁에 둘러앉으면, 네 아들은 제 어머니가
식사하는 모습을 보며 웃곤 했다. 닭고기가 나오면 그녀는
뼈를 열심히 갉아 먹었고, 디저트가 나오면 남들의 두배를

* 부에노스아이레스시 북쪽 팔레르모구에 있는 기차역. 산타페 대로는
　부에노스아이레스 북부를 잇는 주요 간선도로다.

먹었다. 게다가 물을 한입 가득 머금고 마시는 습관도 있었다. '나는 항상 외톨이일 뿐이야.' 그녀는 혼자 생각하곤 했다. '아이들은 아버지만 따르니까.'

길을 건너려고 첫번째 거리로 들어서니, 담벼락으로 막힌 막다른 길이다. 다음 블록에서도 마찬가지 상황이다. 나는 물어볼 사람을 찾기 위해 주변을 두리번거린다. 그때 의심스러운 눈길로 나를 훑어보는 여자를 발견한다. 여자는 두 블록만 더 내려가면 지하철 터널을 통해 산타페 대로 반대편으로 건너갈 수 있다고 말한다.

결국 그날 시어머니는 식당 한가운데에 선 채, 손을 내려다보며 다음 행보를 결정했다. 그녀는 코트와 지갑을 집어 들고 집을 나와 택시를 타고는 리베르타드 거리*로 갔다. 비가 쏟아지고 있었지만, 그녀는 당장 해야 할 일을 하지 않으면 영원히 못할 것 같은 느낌이 들었다. 택시에서 내리자 물이 발목까지 차면서 샌들이 흠뻑 젖었다. 그녀는 금을 사고파는 가게로 가서 벨을 눌렀다. 한 판매원이 조명이 환하게 빛나는 진열장 사이로 걸어오고 있었다. 그는 비에 흠뻑 젖은 여자가 가게 안으로 들어오는 것이 못마땅하다는 듯 그녀를 위아래로 훑어보았던 모양이다. 가게 안으로 들어가자 에어컨을 너무 강하게 틀어놓았는지 차가

---

* 부에노스아이레스 동쪽에 위한 거리. 예부터 시계상과 보석상이 많아 '시계포의 거리'로 불린다.

운 바람이 그녀의 목덜미를 때렸다.

"이 반지를 팔고 싶은데요." 시어머니가 말했다. 살이 많이 쪄서 손가락에서 반지를 빼내기 어려울 줄 알았는데, 비에 흠뻑 젖은 바람에 쉽게 빠졌다.

판매원이 반지를 작은 전자저울 위에 올려놓았다.

"30달러까지 드릴 수 있어요."

시어머니는 잠시 머뭇거리다가 조심스럽게 말했다.

"이건 내 결혼반지예요."

그러자 판매원이 대꾸했다.

"값이 그 정도 나갑니다."

이제 나는 지하철 입구로 들어가 터널을 통해 길을 건너간다. 갈림길 표지판을 보자 여기가 어디인지 알 것 같다. 전에 여기 와본 적이 있다. 오른쪽으로 가서 계단을 두번 더 내려가면 지하철 승강장이 나오고, 왼쪽으로 가면 출구로 이어진다. 어쩌면 지하철 역내에 약국이 있을 것 같기도 하고, 그게 아니더라도 이 역을 조금 더 기억하고 싶기도 해서 나는 오른쪽 길로 내려간다. 일부러 시간을 허비하는 중이다. 그러면 멈추지 않고 계속 나아가는 데 도움이 되니까. 지난 한달 반 동안은 할 일이 전혀 없었다. 그래서 나는 역으로 가고 있는 것이다. 아직 쓸 수 있는 교통카드가 있다. 열차가 들어오고 있다. 바퀴에서 끼익하는 소리가 나면서 문이 일제히 열린다. 열차 운행이 밤 11시에 끝나기 때문에 승강장에는 사람이 거의 없다. 첫번째 칸에서 누군가 고개를 내밀고 밖을 내다본다. 어쩌면 내가 탈지 말지 궁금해하는 보안 요원인지도 모른다. 열차가 출발하자, 나는 빈 벤치에 앉는다. 역이 정적에 잠겼을 즈음 벤치 너머로 뭔가 꼼지락거리는 것이 보인다. 어떤 노인이 바닥에 앉아 있다. 거지인데, 두 다리가 무릎 바로 위에서 뭉툭하게 이지러진 채 끝나 있다. 노인은 맞은편 승강장에 있는 샴푸 광고를 본다.

시어머니는 그 돈을 받고, 약지를 어루만지면서 가게를 나왔다고 했다. 비는 그쳤지만 물이 가게 문턱까지 차올랐다. 물에 젖은 샌들 때문에 발이 쓰라렸다. 며칠 후 그녀는 주머니에 든 달러로 신지도 못할 샌들을 샀지만, 그래도 결혼 생활은 26개월 더 지속되었다. 시어머니는 집 식당에서 손톱에 매니큐어를 바르며 이 이야기를 했다. 본인이 우리의 스페인행에 보태주었던 여비가 필요하지는 않지만, 원하면 아무 때나 갚아도 된다고 했다. 그녀는 자식들이 무척 보고 싶지만, 다들 사느라 바쁘다는 걸 알기 때문에 괜히 생각날 때마다 전화해서 부담을 주고 싶지는 않다고 했다. 나는 일단 시어머니의 말을 들어주는 것이 내 의무라고 생각했다. 왜냐하면 당시 시어머니의 집에 얹혀살고 있었던 데다, 그녀가 30달러짜리 반지를 끼고 있지 않은 것에 내 나름대로 죄책감을 느꼈기 때문이었다. 더군다나 시어머니는 우리 식사를 꼬박꼬박 챙겨주고 우리 옷을 빨래한 뒤 다림질까지 해주었을 뿐만 아니라, 처음부터 나한테 잘해주었다. 그녀는 우리가 살고 있던 집이 조금 어두워서 이사 갈 만한 집이 있는지 알아보기 위해, C아파트 주민에게 부탁해서 구한 일요일자 신문 광고를 뒤져보았다고 했다. 나는 달리 할 일이 없었기 때문에 시어머니의 말을 들었고, 그녀가 크리스마스트리 앞에 앉아 있었기 때문에 그녀를 쳐다보았다. 마침내 시어머니는 친한 친구인 것처럼 나와 이렇게 수다를 떠는 것이 즐겁다고 했다. 그리고 어린 시절 살던 집 부엌에서 이것저것 가리지 않고 수다를 떨었다며, 어머니가 지금도 자기 곁에 있으면 좋겠다고 했다. 시어머니가 잠시 침묵을 지키자, 나는 다시 잡지를 펼치려고 했다. 바로 그때 그녀가 말했다.

"하느님께 뭔가를 간구할 때, 나는 이렇게 한단다. '하느님, 최선을 다해주소서.'" 그녀는 긴 한숨을 내쉬었다. "솔직히 말해서 내가 뭔가를 구체적으로 요구하는 건 아니야. 숱한 이들의 이야기를 들으면서 나는 사람들이 항상 자신에게 가장 좋은 것을 요구하는 건 아니라는 사실을 알게 됐지."

그러더니 시어머니는 머리가 너무 아프고 어지럽다면서 아스피린 좀 사 올 수 있겠느냐고 물었다.

다른 열차가 역을 출발한다. 거지가 나를 보며 말한다.

"이번 열차도 타지 않았군요."

"내 상자가 필요해요." 나는 갑자기 상자들 생각이 나서 그렇게 말한다. 그제야 내가 원하는 것이 무엇인지, 내가 왜 아직도 이 벤치에 앉아 있는지 깨닫는다.

시어머니는 다른 이야기를 꺼냈다. 내 머릿속에서 도저히 지울 수 없을 정도로 어리석은 이야기를. 그녀는 30달러를 손에 쥐고 가게를 나왔지만 집으로 돌아갈 수 없었다고 했다. 택시를 탈 돈도 있었고 주소도 잊지 않았던 데다 달리 할 일도 없었지만, 도저히 집에 갈 엄두가 나지 않았다는 것이다. 그녀는 버스 정류장이 있는 길모퉁이로 가서 금속 벤치에 죽치고 앉아 있었다. 지나가는 사람들을 바라보았다. 아무 생각을 할 수도, 하고 싶지도 않았고, 어떤 결론을 내릴 수도, 내리고 싶지도 않았다. 그냥 몸이 알아서 하는 대로, 보는 일과 숨 쉬는 일밖에 할 수 없었다. 무한한 시간이 순환하고 흐르면서 버스가 왔다가 갔다. 정류장은 텅 비었다가 다시 채워지기를 반복했다. 버스를 기다리는 사람들은 항상 무언가를 들고 있었다. 그들은 자기 물건을 가방이나 지갑에 넣어두었고, 팔에 끼고 있거나 손에 들고 있는가 하면 두 발 사이 땅바닥에 내려놓기도 했다. 그들은 거기 선 채로 자기 물건을 간수하고 있었고, 그 대가로 물건들은 그들의 든든한 버팀목이 돼주었다.

늙은 거지가 내 벤치 위로 기어 올라온다. 나는 그가 어떻게 올라왔는지 모르지만, 그렇게 빨리 움직일 수 있다는 사실에 깜짝 놀랐다. 그가 몸에서 쓰레기 냄새를 풍기며 나에게 다정하게 군다. 그는 가방에서 시내 거리 지도를 꺼낸다.

"본인의 상자를 찾고 싶은데……" 그렇게 말하면서 내 앞에 지도를 펼쳐 보인다. "거기 어떻게 가는지 모른다는 거군요……"

오래된 지도이긴 하지만, 도시 지하철역은 모두 알아볼 수 있다. 레티로역에서 콘스티투시온역까지, 그리고 센트 로역에서 차카리타역까지 모두.

시어머니는 모든 것을 기억한다고 했다. 사람들이 들고 다니는 물건을 하나하나 설명할 수 있을 정도로 기억력이 좋다. 하지만 언제나 빈손이었고, 아무 데도 가지 않았다. 시어머니의 말에 따르면, 자기는 40제곱센티미터의 공간 에 앉아 있다고 했다. 처음에는 무슨 말인지 이해가 가지 않았다. 시어머니가 정말로 그렇게 말했다고 상상하기는 어렵지만, 그건 사실이다. 본인은 40제곱센티미터의 공간 에 앉아 있는데, 그게 이 세상에서 자기 육신이 차지하고 있는 전부라고 말이다.

노인은 내 대답을 기다린다. 그가 잠시 바닥을 내려다 본다. 바로 그 순간, 나는 크리스마스트리에 걸려 있던 산 타클로스 인형처럼 그의 눈꺼풀에 눈동자가 그려져 있다는 걸 깨닫는다. 당장 자리에서 일어서야 할 것 같다. 보관 창고에 가기만 하면, 나한테 필요한 상자가 무엇인지 금방 알아볼 수 있으리란 생각이 든다. 하지만 일어설 수가 없다. 꼼짝도 할 수 없다. 자리에서 일어서면 내 몸이 실제로 공간을 얼마큼 차지하고 있는지 어쩔 수 없이 보게 될 것이다. 그리고 지도를 보면—노인은 혹시 도움이 될까 하여 지도를 내게 조금 더 가까이 들이민다—도시 전체에서 내가 가리킬 수 있는 곳이 하나도 없다는 사실을 알게 될 것이다.

운 없는 남자

내가 여덟살이 되던 날, 난 한순간도 사람들의 관심을 받지 않고서는 못 배기던 여동생이 표백제 한 컵을 마시고 말았다. 아비는 세살이었다. 처음에는 역겹다는 듯 미소를 짓더니, 극심한 고통을 이기지 못하고 겁에 질려 얼굴이 흉하게 일그러졌다. 엄마는 아비의 손끝에 매달려 있는 빈 컵을 보고는 마찬가지로 얼굴이 하얗게 질렸다.

"아비―맙소사!" 엄마는 그 말밖에 할 수 없었다. "아비―맙소사!" 그러고는 몇초가 지나서야 움직이기 시작했다.

엄마는 아비의 어깨를 잡고 흔들었지만, 그 아이는 아무 반응도 보이지 않았다. 엄마가 소리를 질러봐도, 여전히 아무 반응이 없었다. 엄마는 전화기로 달려가 아빠에게 전화를 걸었다. 다시 달려왔을 때에도 아비는 여전히 손끝에 컵을 매단 채 그 자리에 서 있었다. 엄마가 컵을 빼앗아 싱크대에 던져버렸다. 그러고는 냉장고를 열더니 우유를 꺼내 유리잔에 따랐다. 엄마는 유리잔을 보다가 아비에게 얼굴을 돌리더니, 다시 유리잔을 바라보았다. 그 유리잔도 결국 싱크대에 던져버렸다. 아빠는 집에서 아주 가까운 곳에서 일하고 있었기 때문에 금방 집에 도착했지만, 그사이에 엄마는 다시 우유잔을 가지고 쇼를 벌였다. 아빠는 집 앞에 도착하자마자 경적을 울리면서 소리를 지르기 시작했다.

엄마는 아비를 가슴에 꼭 안고 번개처럼 집을 나섰다. 현관문, 쇠창살 대문, 자동차 문이 모두 활짝 열려 있었다. 경적 소리가 몇번 더 울려 퍼졌다. 이미 차에 타고 있던 엄마는 기어코 울음을 터뜨렸다. 아빠는 내게 문을 다 잠그라며 두번이나 소리를 질렀다.

우리는 내가 차 문을 닫고 안전벨트를 매는 데 걸린 시간보다 더 짧은 시간 안에 처음 열 블록을 달렸다. 하지만 큰길에 도착하자 교통 정체가 워낙 심해 차들이 거의 움직이질 않았다. 아빠는 경적을 울리며 소리를 질렀다. "병원에 가야 한다고! 병원에 가는 차니까 어서 비켜!" 주변에 있던 차들이 한동안 이리저리 비켜준 덕분에 기적적으로 길을 지나갈 수 있었다. 하지만 차를 두어대 지나치자 아빠는 방금 했던 일을 다시 반복해야만 했다. 아빠는 어떤

차 뒤에서 브레이크를 밟았지만 경적을 울리는 대신 운전
대에 머리를 박았다. 나는 아빠가 그런 행동을 하는 것을
한번도 본 적이 없었다. 잠시 침묵이 흐른 뒤, 아빠는 자세
를 고쳐 앉으며 백미러를 통해 나를 힐끗 쳐다보았다. 그
러고는 뒤를 돌아보며 내게 말했다.

"팬티를 벗어."

나는 교복을 입고 있었다. 내 팬티는 모두 흰색이었는
데, 그때는 그런 데까지 생각이 미치지도 못했을뿐더러 아
빠가 왜 그런 요구를 하는지 도무지 이해할 수도 없었다.
나는 몸을 지탱하기 위해 두 손으로 좌석을 짚었다. 엄마
를 쳐다보자 엄마가 내게 소리를 꽥 질렀다.

"잔말 말고 어서 팬티나 벗어!"

그래서 나는 팬티를 벗었다. 아빠는 내 손에서 속옷을
낚아채 갔다. 그러고는 창문을 내리더니 경적을 울리면서
내 팬티를 차창 밖으로 꺼냈다. 아빠는 고함을 지르고 연
달아 경적을 울리면서 내 팬티를 높이 치켜들었다. 그러자
도로에 있는 모든 이가 내 속옷을 보려고 고개를 돌렸다.
팬티는 손바닥만 했지만, 하얗디하얀 빛깔이었다. 바로 그
때, 한 블록 뒤에서 앰뷸런스가 사이렌을 울리며 재빨리
따라와 우리를 호위했다. 아빠는 병원에 도착할 때까지 계
속 차창 밖으로 팬티를 흔들었다.

아빠는 앰뷸런스 옆에 차를 세우고 곧장 뛰어내렸다. 엄

마는 우리를 기다리지도 않고 아비를 안은 채 병원으로 뛰어 들어갔다. 반면 나는 차에서 내릴지 말지 망설였다. 속옷을 입지 않은 터라, 아빠가 그걸 어디에 놔두었는지 찾으려고 이리저리 두리번거렸다. 하지만 운전석과 조수석에도, 이미 차 문을 쾅 닫은 아빠의 손에도 내 속옷은 보이지 않았다.

"자, 자, 어서 내려." 아빠가 재촉했다.

아빠는 내가 앉아 있던 좌석의 문을 열고 내리도록 도와주었다. 그러고는 문을 닫았다. 중앙 홀로 들어서자, 아빠가 내 어깨를 토닥토닥 두드려주었다. 엄마는 저 안쪽 출입문에서 나오더니 우리에게 손짓했다. 엄마가 다시 입을 열고 간호사들에게 사정을 설명하는 모습을 보자 나도 마음이 놓였다.

"저기서 기다리고 있어." 아빠가 복도 맞은편에 있는 오렌지색 의자를 가리키며 말했다.

나는 거기로 가서 앉았다. 아빠는 엄마와 함께 진료실로 들어갔고, 나는 한참을 기다렸다. 얼마나 기다렸는지 모르겠지만 그 시간이 너무 길게만 느껴졌다. 무릎을 가지런히 모으고 단 몇분 사이에 벌어진 모든 일을 떠올렸다. 우리 학교 아이들 중 누군가가 허공에 휘날리던 내 팬티를 보았을지도 모른다는 생각이 들었다. 자세를 고쳐 앉으면서 교복 치마가 말려 올라가는 바람에 엉덩이의 맨살이 플라스틱 의자에 닿았다. 이따금 간호사가 진료실을 들락날락했는데, 그때마다 엄마와 아빠가 다투는 소리가 흘러나왔다. 목을 빼고 안을 들여다보니, 간이침대에 누워 잠시도 가만히 있지 못하고 꼼지락거리는 아비의 모습이 살짝 보였다. 적어도 오늘만큼은 죽지 않을 것 같았다. 그래서 나는 조금 더 기다렸다. 바로 그때 한 남자가 다가오더니 내 옆자리에 앉았다. 어디서 왔는지 모르겠지만, 한번도 본 적이 없는 사람이었다.

"안녕?" 남자가 내게 인사했다.

나는 '안녕하세요?'라고 대답할까 생각했다. 엄마는 '너희 때문에 미치겠다'며 푸념하다가도 누군가 '안녕하세요?'라고 물어보면 항상 그렇게 대답한다.

"안녕하세요?"

"누굴 기다리니?"

나는 잠시 생각했다. 사실 나는 아무도 기다리지 않았다. 적어도 그 순간에는 누군가를 기다리고 싶지 않았다. 내가 고개를 젓자 남자가 물었다.

"그런데 왜 대기실에 앉아 있는 거지?"

나는 그게 큰 모순이라는 점을 깨달았다. 남자는 무릎에 올려놓은 작은 가방을 열었다. 그러고는 천천히 가방 속을 뒤적거리더니, 지갑에서 분홍색 종이 한장을 꺼냈다.

"여기 있구나. 어딘가에 있을 줄 알았어."

분홍색 종이에는 '92'라는 숫자가 인쇄되어 있었다.

"그걸 가져가면 아이스크림을 줄 거야. 내가 사주는 거니까 받아." 남자가 말했다.

나는 사양했다. 낯선 사람이 주는 물건을 덥석 받아서는 안 되는 법이니까.

"하지만 그건 얻은 거란다. 당첨된 거니까."

"싫어요."

나는 앞만 쳐다보았고, 우리는 한동안 아무 말 없이 가만히 앉아 있었다.

"너 좋을 대로 하려무나." 나한테 화를 내지는 않았다.

남자는 가방에서 잡지를 꺼내 십자말풀이의 빈칸을 채우기 시작했다. 바로 그 순간, 다시 진료실 문이 벌컥 열리면서 아빠 목소리가 들려왔다. "내가 그따위 헛소리에 넘어갈 것 같아요?" 그건 아빠가 말다툼 중에 종지부를 찍을 때마다 하던 말이었기 때문에 지금도 기억난다.

"오늘은 내 생일이야." 내가 말했다.

"오늘은 내 생일이야." 나는 혼잣말로 중얼거렸다. '이제 어떻게 하면 좋지?' 십자말풀이의 빈칸을 채우고 있던 남자가 펜을 내려놓고 놀란 표정으로 나를 바라보았다. 그가 다시 내게 관심을 가진다는 사실을 알아차렸기 때문에 나는 그를 쳐다보지 않고 고개를 끄덕였다.

"그런데……" 그는 말하면서 잡지를 덮었다. "정말 여자들 마음은 알다가도 모를 때가 많아. 생일인데 왜 대기실에 있는 거지?"

그는 관찰력이 뛰어난 사람이었다. 나는 다시 자리에서 몸을 곧추세우고 똑바로 앉았지만, 내 머리는 간신히 그의 어깨에 닿았다. 남자는 미소를 지었고, 나는 헝클어진 머리를 매만졌다. 내가 말했다.

"나는 지금 속옷을 안 입었어요."

그때 내가 왜 그런 말을 불쑥 내뱉었는지 모르겠다. 그러니까 그날은 내 생일이었는데 팬티를 입지 않았던 것뿐이다. 그런데 어쩐 일인지 이 두가지 생각이 내 뇌리에 박혀 떠나지 않았다. 남자는 여전히 나를 바라보고 있었다. 어쩌면 그는 겁을 먹었거나 기분이 상했을지도 모른다. 물론 그럴 의도는 없었지만, 나는 방금 내가 한 말 속에 저속하고 음란한 표현이 담겨 있다는 것을 알아차렸다.

"하지만 오늘은 네 생일이잖니." 남자가 말했다.

나는 고개를 끄덕였다.

"그건 좀 그렇구나. 그래도 생일인데 속옷을 입지 않고 돌아다닐 수는 없으니 말이다."

"나도 알아요." 아비의 쇼 때문에 내가 얼마나 큰 모욕을 당했는지 방금 알아차린 터라 딱 부러지게 말했다.

남자는 잠시 아무 말도 하지 않았다. 그러고는 주차장이 내다보이는 큰 창문 쪽을 힐끗 쳐다보았다.

"난 속옷을 어디서 구할 수 있는지 알고 있단다."

"그게 어디죠?"

"이제 고민할 거 없어." 남자는 물건을 주섬주섬 가방에 챙겨 넣고 자리에서 일어섰다.

나는 일어서야 할지 말지 잠시 머뭇거렸다. 속옷을 입고 있지 않은 탓이기도 했지만, 무엇보다 남자의 참말인지 알 수가 없었기 때문이었다. 그는 안내 데스크 쪽을 바라보면서 직원들을 향해 손을 흔들며 인사를 했다.

"이 아이하고 잠깐 나갔다 올게요." 그는 나를 가리키며 말했다. "오늘이 이 아이 생일이거든요." 그 순간, 나는 속으로 빌었다. '하느님, 그리고 평생 동정이신 성모 마리아시여, 제발 저 아저씨가 내 속옷 이야기를 안 꺼내도록 해주세요.' 다행히 남자는 그 이야기를 하지 않았다. 그는 문을 열면서 내게 눈을 찡긋해 보였다. 그제야 나는 그가 믿을 만한 사람이라고 느꼈다.

우리는 주차장으로 나갔다. 나란히 서 있으니까, 내 머리가 간신히 그 남자 허리 위에 닿았다. 아빠의 차는 여전히 앰뷸런스 옆에 서 있었는데, 경찰관 한명이 짜증스러운 표정으로 차 주위를 맴돌고 있었다. 내가 계속 쳐다보는 동안, 그 경찰관은 우리가 걸어가는 모습을 지켜보고 있었다. 바람이 내 다리를 휘감고 올라오면서 교복 치마가 풍선처럼 부풀어 올랐다. 나는 치마를 꼭 붙잡은 채 다리를 모으고 걸어야만 했다. 남자는 내가 따라오고 있는지 보려고 고개를 돌렸다가 내가 교복 치마와 씨름하고 있는 모습을 보았다.

"벽으로 바짝 붙어 가는 게 좋을 것 같구나."

"그런데 지금 어디 가는 건지 말해주세요."

"너무 까칠하게 굴 건 없잖니, 달링."

우리는 큰길을 건너 쇼핑몰에 들어갔다. 구질구질한 느낌을 주는 쇼핑몰이었다. 우리 엄마라면 한번도 가본 적이 없을 것 같았다. 안쪽으로 걸어가자 엄청나게 큰 옷가게가 나타났는데, 엄마는 저기도 가본 적이 없었을 것 같다. 안으로 들어가기 전에 남자가 말했다. "아무 데나 돌아다니면 안 돼. 자칫하면 길을 잃어버리니까 말이다." 그러고는 내게 손을 내밀었다. 그의 손은 차가우면서도 매우 부드러웠다. 그는 병원에서 나올 때 안내 데스크 직원에게 했던 것처럼 계산원에게도 손을 흔들며 인사했다. 하지만 답례하는 이는 아무도 없었다. 우리는 양쪽으로 옷이 즐비한 통로를 따라 걸어갔다. 드레스, 바지, 셔츠 외에 작업복도 걸려 있었다. 헬멧, 환경미화원들이 입는 옷과 똑같은 노란색 작업복, 여성 환경미화원용 작업복, 고무장화는 물론 연장들도 있었다. 나는 남자가 거기서 자기 옷을 사려고 하는 건지, 일할 때 저런 옷을 입는지, 그리고 그의 이름이 무엇인지 궁금했다.

"자, 다 왔다." 그가 말했다.

우리는 남성용 속옷과 여성용 속옷 판매대에 둘러싸여 있었다. 손만 뻗으면 내가 여태 본 것보다 훨씬 더 큰 속옷이 든 상자에 닿을 수 있었다. 그런데 그 속옷들은 하나에 3페소밖에 하지 않았다. 그걸로 내가 입는 사이즈의 팬티를 만들면 적어도 세 장은 나올 것 같았다.

"거기가 아니고." 남자가 말했다. "이쪽이야." 그는 조금 더 작은 팬티가 있는 곳으로 나를 데려갔다. "여기 있는 팬티들을 한번 보렴…… 그나저나 우리 마님께서는 어떤 걸 고르시려나?"

나는 판매대를 한번 쓱 둘러보았다. 대부분 분홍색 아니면 하얀색이었다. 나는 손으로 하얀색 팬티를 가리켰다. 하얀색 중에서 리본이 달리지 않은 것은 몇개 없었다.

"이거요." 내가 말했다. "하지만 난 이걸 살 돈이 없어요."

남자가 좀 더 가까이 다가오더니 내 귀에 대고 속삭였다.

"돈은 필요 없어."

"여기 주인이세요?"

"아니. 하지만 오늘은 네 생일이잖니."

나는 빙긋 미소 지었다.

"그런데 좀 더 좋은 걸 찾아야 할 것 같구나. 정말 마음에 드는 걸로 말이다."

"오케이, 달링." 내가 말했다.

"넌 '오케이, 달링'이라고 하면 안 돼." 남자가 말했다. "그러면 화낼 거야." 그러면서 그는 주차장에서 내가 치마를 붙잡고 있던 모습을 흉내 냈다.

우스꽝스러운 그 모습을 보고 나는 웃었다. 그렇게 한바탕 익살을 부린 남자는 주먹 쥔 두 손을 내 앞에 내밀고 가만히 있었다. 나는 대체 뭘 하라는 뜻인지 몰라 잠시 당황했지만, 금세 눈치채고 그의 오른손을 골랐다. 그가 오른 주먹을 펴자 아무것도 없었다.

"다른 주먹을 골라도 돼."

나는 손가락으로 다른 주먹을 가리켰다. 왼 주먹 안에는 검은색 팬티가 숨겨져 있었다. 사실 나는 검은색 팬티를 한번도 본 적이 없어서 한참 지나서야 그게 팬티라는 것을 알았다. 여아용 팬티였다. 하얀색 하트 모양이 여럿 새겨져 있는데 너무 작아서 물방울무늬처럼 보였고, 보통 리본―엄마와 나는 리본 장식을 지독히도 싫어했다―이 달려 있는 앞쪽에는 헬로 키티 얼굴이 그려져 있었다.

"한번 입어 봐." 남자가 말했다.

나는 팬티를 가슴에 안았다. 그는 다시 내게 손을 내밀었고, 우리는 탈의실로 갔다. 탈의실은 모두 비어 있는 것 같았다. 우리는 살짝 안을 들여다보았다. 그는 그곳이 여성 전용 탈의실이라서 나와 함께 들어갈 수 있을지 모르겠다고 했다. 그러더니 나 혼자 들어가야 할 것 같다고 했다. 따지고 보면 너무 당연한 말이었다. 잘 알지도 못하는 사람에게 속옷만 입은 모습을 보여줄 수는 없는 법이니까. 하지만 왠지 탈의실에 혼자 들어가기가 두려웠다. 혼자 들어가기도 싫었지만, 혼자 들어가서 입어보고 나왔는데 아무도 없는 것이 더 두려웠다.

"이름이 뭐예요?" 내가 물었다.

"그건 알려줄 수 없구나."

"왜요?"

그는 내 앞에 한쪽 무릎을 꿇고 앉았다. 그러자 그는 나와 키가 거의 비슷하거나, 내가 몇 센티미터 더 큰 것 같았다.

"나는 저주받은 사람이거든."

"저주라고요? 저주받은 게 뭐예요?"

"나를 지독히도 미워하는 여자가 있는데, 내 입으로 이름을 말하면 곧장 죽을 거라더군."

내가 듣기에는 농담 같은데, 그는 무척이나 진지하게 말했다.

"그러면 혹시 종이에 적어줄 수 있나요?"

"적어달라고?"

"이름을 종이에 적으면 말하는 게 아니라 쓰는 거니까 괜찮잖아요. 그리고 아저씨 이름만 알면 내가 전화할 수도 있으니까, 탈의실에 혼자 들어가도 그렇게 무섭지 않을 것 같아요."

"하지만 그래도 되는지 모르겠구나. 만약 그 여자가 보기에 내 이름을 쓰는 것이 말하는 거랑 다를 바가 없다면 어쩌니? 그러니까 말하는 것이 알려주는 것이고, 어떤 식으로든 세상 사람들에게 내 이름을 알리는 거라고 생각하면 어쩌지?"

"그런데 아저씨가 이름을 말했는지 그 여자가 어떻게 알죠?"

"사람들은 나를 믿지 않거든. 나는 이 세상에서 가장 운이 없는 남자란다."

"그렇지 않아요. 아저씨가 이름을 말했다는 걸 알 수 있는 방법은 없다고요."

"하지만 내가 아는 대로 말한 거야."

우리는 내 손에 있는 팬티를 함께 보았다. 지금쯤이면 우리 엄마 아빠도 병원에서 일을 다 봤을 것 같았다.

"그렇지만 오늘은 내 생일이에요." 내가 말했다.

어쩌면 나는 일부러 그 말을 했는지 모른다. 그 순간에는 그런 기분이 들었으니까. 내 눈에 눈물이 가득 괴었다. 바로 그때 남자가 나를 껴안았다. 정말 빠른 동작이었다. 그는 내 등 뒤로 팔을 두르더니 나를 있는 힘껏 껴안았다. 그 바람에 내 얼굴이 그의 가슴에 푹 파묻히고 말았다. 잠시 후, 그는 나를 놓아주고 가방에서 잡지와 연필을 꺼내더니 표지 오른쪽 여백에다 뭔가를 쓰기 시작했다. 그러고는 그 부분을 찢어서 세번 접은 다음, 내게 건네주었다.

"소리 내서 읽지는 마." 그는 자리에서 일어나 나를 탈의실 쪽으로 살며시 밀었다.

나는 통로를 따라 걸어가며 비어 있는 탈의실 네곳을 지나쳤다. 용기를 내서 다섯번째 탈의실로 들어가기 전, 교복 주머니에 종이쪽지를 넣고 돌아서서 그를 쳐다보았다. 우리는 서로에게 미소를 지어 보였다.

나는 팬티를 입어보았다. 딱 맞았다. 나는 팬티가 얼마나 잘 어울리는지 직접 두 눈으로 확인하기 위해 교복 치마를 들어 올렸다. 정말이지 몹시도 잘 어울렸다. 놀라울 정도로 내게 딱 맞았다. 게다가 아빠가 앰뷸런스 뒤를 따라가면서 차창 밖으로 꺼내 흔들 요량으로 나더러 팬티를 벗어달라고 하지도 않을 것 같았다. 설령 그런 일이 다시 벌어져서 우리 반 친구들이 그 장면을 본다고 해도 그렇게 부끄러울 것 같지 않았다. '저 여자애 팬티 좀 봐.' 그걸 본 아이들은 생각할 것이다. '그런데 팬티가 어쩌면 저렇게 예쁘지?' 나는 이제 그 팬티를 벗을 수 없다는 걸 깨달았다. 그리고 또다른 사실도 깨달았다. 그 팬티에는 도난 방지 태그가 달려 있지 않았다. 보통 도난 방지 태그가 달려 있을 만한 곳에 자그마한 마크가 부착되어 있었지만, 그걸로는 도난 경보기가 작동하지 않았다. 나는 거울에 비친 내 모습을 잠시 더 바라보다가, 결국 호기심을 참지 못하고 쪽지를 꺼내 펴서 읽었다.

　탈의실에서 나왔더니, 남자는 아까 우리가 헤어진 곳이 아니라 거기서 조금 더 떨어진 수영복 코너 옆에 서 있었다. 그가 나를 보았다. 내가 손에 그 팬티를 들고 있지 않다는 사실을 알아차린 그는 내게 눈을 찡긋했다. 이번에는 내가 그의 손을 잡았다. 그러자 그가 나를 꽉 껴안아주었는데, 기분이 좋았다. 우리는 출구를 향해 함께 걸어갔다. 나는 그 또한 자신이 뭘 하고 있는지 알고 있다고 믿었다. 그리고 세상에서 가장 운이 없는 사람이라도 그런 일을 할 줄 안다고 믿었다. 우리는 정문 입구에 늘어서 있는 계산대를 통과했다. 경비원 한명이 벨트를 매만지며 우리를 힐끗 쳐다보았다. 분명 그는 이름 없는 이 남자를 내 아빠로 여기고 있을 것이다. 그러자 마음이 뿌듯해졌다. 우리는 출구의 도난 방지 센서를 통과해 쇼핑몰 쪽으로 향했다. 그러고는 말없이 통로를 따라 걷다가 다시 큰길로 나갔다. 그때 병원 주차장 한가운데에 홀로 서 있는 아비가 보였다. 곧이어 나는 그보다 가까운 곳, 길 이쪽에서 모퉁이 쪽을 두리번거리고 있는 엄마를 보았다. 아빠도 주차장에서 우리를 향해 다가오고 있었다. 그런데 자세히 보니 아빠는 손가락으로 우리를 가리키는 경찰관 뒤를 빠르게 쫓아오는 중이었다. 아까 우리 차 주위를 맴돌던 그 경찰관이었다. 모든 일이 아주 빠르게 일어났다. 아빠는 나를 보고 내 이름을 외쳤다. 몇초 뒤에 그 경찰관과 어디선가 불쑥 나타난 경찰관 두명이 우리에게 가까이 다가왔다. 남자는 나를 놓아주었지만, 나는 몇초 동안 그에게 손을 뻗고 있었다. 경찰관들이 그를 에워싸며 사납게 밀쳤다. 그에게 뭘 하는지, 그리고 이름이 무엇인지 물었지만, 그는 아무 대답도 하지 않았다. 엄마는 나를 안아주며 머리끝부터 발끝까지 살펴보았다. 내 하얀색 속옷이 엄마의 오른손에 매달려 있었다. 내 온몸을 더듬어보던 엄마는 내가 다른 팬티를 입고 있다는 것을 알아차렸다. 엄마는 단번에 내 교복 치마를 들어 올렸다. 모든 사람이 보는 앞에서 엄마가 갑자기 그렇게 점잖지 못한 행동을 하는 바람에 나는 넘어지지 않으려고 몇걸음 뒤로 물러서야 했다. 남자는 나를 바라보았고, 나도 그를 쳐다보았다. 내가 입고 있던 검은색 팬티를 보자 엄마는 "이런 개자식이 있나! 야, 이 개자식아!"라며 소리를 질렀고, 아빠는 그에게 달려들어 때리려고 했다. 경찰관들은 둘을 떼어놓으려고 했다. 그사이 나는 치마 주머니에서 쪽지를 꺼내 입에 넣었다. 쪽지를 삼키는 동안, 나는 그의 이름을 잊지 않기 위해 속으로 여러번 되뇌었다.

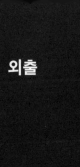

외출

번개가 세번 치면서 어두운 밤하늘이 밝아지자 더러운
테라스와 건물 외벽이 훤히 보인다. 아직 비는 내리지 않
는다. 건너편 집 발코니 유리문이 열리면서 잠옷 차림의
부인이 빨래를 걷으러 나온다. 나는 오랜 침묵 끝에 식탁
에서 남편 맞은편에 앉아 있기 때문에, 이 모든 장면을 볼
수 있다. 그의 손은 이제 차갑게 식은 찻잔을 감싸고 있고,
핏발이 서 벌건 두 눈은 나를 계속 뚫어져라 바라보고 있
다. 그는 꼭 해야 할 말이 내 입에서 나오기를 기다리고 있
다. 그리고 내가 해야 하는 말이 무엇인지 그가 이미 알고
있는 것 같아서 함부로 입을 열 수가 없다. 그의 담요는 소
파 밑에 아무렇게나 내던져져 있고, 커피 테이블에는 빈
찻잔 두개, 그리고 담배꽁초와 다 쓴 휴지로 가득 찬 재떨

이가 놓여 있다. 그 말은 꼭 해야겠어. 나는 속으로 중얼거린
다. '그것이 이제 내가 받아야 할 벌의 일부니까.' 나는 젖
은 머리에 두른 수건을 매만지고, 가운 매듭을 다시 동여
맨다. 그 말은 꼭 해야 돼. 나는 마음속으로 되뇌지만, 그건
실행이 불가능한 명령이다. 그러고 나자 뭔가 심상치 않은
일이 일어난다. 내 근육에 말로 설명하기 어려운 무슨 문
제가 생긴 것 같다. 무슨 일인지는 정확히 모르겠지만, 뭔
가 단계적으로 일어나고 있다. 나는 의자를 뒤로 밀고 일
어선다. 그러고는 옆으로 두걸음 움직인다. 한마디 해야겠
어. 나는 생각한다. 그사이 내 몸은 두걸음을 더 움직이고
도자기 진열장에 기대어 선 채, 손으로 나무를 더듬는다.
현관문이 눈에 들어온다. 그런데 남편이 여전히 나를 보고
있다는 것을 알기 때문에 그의 시선을 피하려고 애를 쓴
다. 나는 호흡을 가다듬으면서 온 정신을 집중한다. 나는
옆으로 한걸음 더 움직여 그에게서 조금 더 멀어진다. 그
는 아무 말도 하지 않는다. 그래서 나는 용기를 내어 한 걸
음 더 움직인다. 내 슬리퍼가 근처에 있다. 나는 나무 진열
장을 놓지 않은 채, 발을 뻗어 슬리퍼는 내 쪽으로 끌어당
겨 신는다. 나는 느릿느릿하고 침착하게 움직인다. 진열장
에서 손을 떼고 조금 더 움직여 카펫까지 간 다음, 심호흡
을 한다. 그러고는 성큼성큼 단 세걸음 만에 거실을 가로
질러 집을 나와 문을 닫는다. 어둠에 잠긴 아파트 건물 복

도에 나의 가쁜 숨소리가 울려 퍼진다. 안에서 나는 소리를 들으려고 잠시 문에 귀를 대고 선다. 가령 남편이 의자에서 일어나는 소리랄지 문 쪽으로 다가오는 발걸음 소리 같은 것 말이다. 하지만 집 안은 쥐죽은 듯 고요하다. 내게는 열쇠가 없는데. 나는 속으로 중얼거려보지만, 그런 것까지 걱정할 필요가 있는지 모르겠다. 가운 안에 아무것도 입지 않았어. 나는 그 문제, 그 모든 문제를 알고 있지만, 어쨌든 내 상태, 그러니까 이처럼 비정상적인 경계警戒 상태는 나를 어떤 종류의 판단으로부터도 벗어나게 해준다. 형광등이 깜박이면서 복도가 약간 푸르스름한 빛을 띤다. 엘리베이터가 있는 쪽으로 가서 비튼을 누르사, 금세 온다. 문이 열리면서 한 남자가 버튼에서 손을 떼지 않은 채 밖을 내다본다. 그는 내게 친절한 손짓을 하며 타라고 한다. 문이 닫히자, 마치 방금 안을 청소한 것처럼 라벤더 향이 진하게 난다. 그리고 우리 머리 가까이에서 따스하게 비추는 빛 덕분에 마음이 놓이고 편안해진다.

"아가씨, 지금 몇시인지 아세요?"

묵직한 목소리를 듣자 혼란스러워진다. 남자가 내게 정말 시간을 물어본 건지, 아니면 나를 힐책한 건지 분간이 되지 않는다. 그는 내 어깨에 올 정도로 작은 키지만, 나보다 나이가 많다. 보아하니 건물 관리인 중 하나거나 뭔가를 수리하기 위해 고용된 기사 같다. 하지만 나는 이 아파트 관리인 두명을 모두 알고 있는데, 이 남자는 한번도 본 적이 없다. 머리카락이 거의 없다. 그는 낡은 작업복 앞섶을 풀어 헤치고 있지만, 그 아래 깔끔하게 다림질된 셔츠를 받쳐 입고 있어 단정한 분위기, 아니면 전문 기술자 같은 분위기를 풍긴다. 속으로 무슨 생각을 하는지 남자가 고개를 젓는다.

"아내가 나를 죽이려고 해요." 그가 말한다.

나는 아무것도 물어보지 않는다. 사실 알고 싶지도 않다. 그 남자와 함께 엘리베이터를 타고 내려가는 것은 좋지만, 굳이 그의 이야기를 듣고 싶은 마음은 없다. 내 두 팔은 양 옆구리에 무겁게 늘어져 있다. 나는 지금 마음이 편안하다는 것을, 그리고 이 아파트를 떠나는 게 좋다는 것을 깨닫는다.

"하지만 당신에게 말하고 싶지는 않군요." 남자는 이렇게 말하고 다시 고개를 가로젓는다.

"고마워요." 내가 말한다. 나는 그가 오해하지 않도록 미소를 짓는다.

"말하고 싶지 않다고요."

우리는 로비에서 고개를 끄덕이며 작별인사를 나눈다.

"아무쪼록 당신에게 행운이 있길 빕니다." 그가 말한다.

"감사합니다."

남자가 주차장으로 걸어가는 동안, 나는 정문으로 나간

다. 밤인데, 정확히 몇시인지는 알 수 없다. 나는 코리엔테스 대로*에 사람들의 왕래가 얼마나 많은지 보려고 길모퉁이로 걸어간다. 그런데 온 도시가 잠든 것처럼 보인다. 신호등 앞에서 머리에 두르고 있는 수건을 벗어 팔에 두르고 머리를 뒤로 쓸어 넘긴다. 이번 주는 특히 덥고 습했지만, 지금은 차카리타** 쪽에서 시원하고 향기로운 산들바람이 불어온다. 나는 그쪽 방향으로 걸어간다. 나는 내 여동생과 그 아이가 하는 일에 관해 생각한다. 누군가에게 그것을 말해주고 싶다. 사람들은 내 여동생이 하는 일에 관해 많은 관심을 가지고 있고, 나는 이따금 사람들이 관심 가질 만한 이야기를 하는 것을 좋아한다. 그러던 중 내가 기대하고 있던 일이 일어난다. 어쩌면 자동차 경적을 듣기 직전에 그 남자, 그러니까 엘리베이터에서 만난 그 남자에 대해 생각하고 있었기 때문이었는지도 모른다. 그래서 나는 그의 차가 천천히 다가오는 것이, 그리고 그의 미소가 신경에 거슬리기는커녕, 오히려 이런 생각을 해본다. 내 여동생에 관해 저 남자에게 말해줄 수도 있겠어.

"어디 가는 길이라면 태워드릴까요?"

* 부에노스아이레스를 동서로 가로지르는 간선도로. 탱고 등의 문화 활동과 밤 문화로 유명하다.
** 부에노스아이레스의 북중부에 위치한 구. 길 양쪽으로 늘어선 가로수와 유서 깊은 테라스하우스로 유명한 곳이다.

"괜찮으시다면." 내가 대답한다. "그런데 차를 타고 가기에는 밤이 너무 아름답네요."

그는 고개를 끄덕인다. 그는 차를 세우고, 나는 거기로 다가간다.

"아내가 나를 죽이려고 해서 집으로 가는 중이에요. 그렇게 되려면 어쨌든 내가 거기 있어야 하니까요."

나는 고개를 끄덕인다.

"농담입니다." 그가 말한다.

"당연히 그렇겠죠." 나는 그렇게 말하면서 웃는다.

그도 따라 웃는다. 나는 그의 미소가 마음에 든다.

"그럼 창문을 다 내리고 천천히 몰면 되겠죠."

"그런데 차를 그렇게 천천히 몰면 다른 이들에게 폐가 되지 않을까요?"

그는 대로의 양쪽을 모두 살펴본다. 그의 목덜미에 가는 머리카락이 듬성듬성 나 있다. 불그스레한 빛을 띤 솜털이다.

"아뇨, 길거리에 차도 거의 없는데요, 뭐. 그렇게 가도 전혀 문제없을 겁니다."

"좋아요." 내가 말한다.

나는 돌아서서 조수석에 탄다. 그는 창문을 다 내리고 지붕의 선루프도 연다. 차는 오래됐지만, 아늑하고 라벤더 향이 은은하게 풍긴다.

"아내가 왜 당신을 죽이려고 하는 거죠?" 나는 묻는다. 동생 이야기를 하려면 먼저 다른 이들에 대해 물어보는 편이 좋을 것 같았기 때문이다.

남자는 기어를 1단으로 놓고 잠시 조심스럽게 클러치와 액셀을 밟으면서 편안한 속도에 도달할 때까지 차를 천천히 움직인다. 그가 나를 쳐다보자, 나는 합격의 표시로 고개를 끄덕인다.

"오늘이 우리 부부 결혼기념일이에요. 그래서 외식을 하려고 저녁 8시에 아내를 데리러 가기로 했죠. 그런데 아파트 건물 옥상에 문제가 생겼지 뭡니까. 알고 있었나요?"

차갑지도 후덥지근하지도 않은 바람이 내 팔과 목덜미를 스치고 지나간다. 딱 좋아. 나는 생각한다. 지금 내게 필요한 건 바로 이거야.

"혹시 새로 온 관리인이세요?"

"글쎄요. '새로 온'이라는 것의 기준을 어떻게 보느냐에 달려 있겠죠. 그 건물에서 일한 지 6개월 됐어요, 아가씨."

"그런데 옥상 보수도 하세요?"

"사실 나는 에스카피스타*예요."

---

* 스페인어로 에스카피스타(escapista)는 '현실도피주의자'나 '탈출 곡예사'라는 뜻이지만, '자동차 배기 장치 기사'라는 의미도 있다. 여기서는 중의적인 표현으로 사용되었기 때문에 원어인 '에스카피스타'로 표기한다.

우리가 탄 차는 보도에 바짝 붙어서 가면서, 빈 슈퍼마
켓 봉지를 들고 빠르게 걸어가며 곁눈질로 우리를 흘끔거
리는 어느 부인을 뒤를 따라가고 있다.

"에스카피스타라고요?"

"자동차의 배기 장치를 고치죠."

"그게 정말로 에스카피스타가 하는 일이 맞아요?"

"그렇고말고요."

보도 위의 여자는 짜증스러운 표정으로 우리를 흘끔거
리며 우리가 빨리 자기를 지나쳐 가도록 일부러 속도를 늦
춰 걷는다.

"어쨌든 지금 문제는 저녁을 먹으러 나가기엔 너무 늦
었다는 겁니다. 아내는 벌써 몇시간째 나를 기다리고 있을
거예요. 시간이 너무 늦어서 레스토랑들도 지금쯤 문을 닫
을 겁니다."

"늦을 거라고 연락하지 않았어요?"

그는 자기가 잘못했다는 것을 안다는 듯 고개를 절레절
레 흔들었다.

"아내한테 전화하고 싶지 않아요?"

"네, 연락해봤자 소용없을 것 같아서요."

"그럼 할 수 있는 일이 별로 없겠네요. 집에 도착해서 아
내가 어떤지 직접 확인하기 전까지는 그 어떤 결정도 내릴
수 없을 테니까요."

"내 생각에도 그래요."

우리는 정면을 응시하고 있다. 밤은 고요한데 전혀 졸리지 않는다.

"여동생 집에 가려고 해요."

"나는 여동생도 같은 건물에 사는 줄 알았어요."

"거기는 내 동생이 일하는 곳이에요. 그 아이 작업실은 우리 집보다 두층 위에 있거든요. 하지만 다른 곳에 살고 있죠. 그 아이를 아세요? 내 동생이 무슨 일을 하는지도 아세요?"

"죄송합니다만, 차를 잠시 세워도 될까요? 아까부터 담배가 너무 피우고 싶었거든요."

그는 가판대 앞에 차를 세우더니 시동을 끄고 차에서 내린다. 지금까지는 모든 일이 순조롭게 진행되고 있어. 나는 속으로 중얼거린다. 기분이 아주 좋아. 이 모든 것에는 무언가 특별한 것이 있는 것 같은데, 그것이 무엇인지 도무지 짐작이 가지 않는다. 대체 그건 어떤 것일까? 나는 생각해본다. 잘 돌아가는 것이 무엇인지 알아내야 한다. 그래야 그것을 기억하고 되풀이할 수 있고, 더 나아가 필요할 경우 다시 이 상태로 돌아올 수 있을 테니까.

"아가씨!"

에스카피스타가 내게 오라고 손짓한다. 나는 수건을 뒷좌석에 던져놓고 차에서 내린다.

"잔돈이 하나도 없어요. 우리 둘 다 말이죠." 에스카피 스타는 가판대 남자를 가리키며 말한다.

그들은 내가 오기를 기다린다. 나는 가운 주머니에서 잔 돈을 찾는다.

"괜찮으세요?" 가판대 남자가 묻는다.

나는 주머니를 뒤지는 데 정신이 팔려 있는 터라 그가 나를 향해 질문을 던졌다는 것을 잠시 알아차리지 못했다.

"머리카락이 젖어 있어요. 그래서" 그가 놀란 듯이 나를 가리키며 말한다. "방금 샤워를 하고 나온 사람 같다니까 요." 그는 내 가운을 힐끗 보지만, 이에 대해서는 아무 말 도 하지 않는다. "괜찮다고 말씀만 하면, 잔돈 문제로 넘어 갈게요."

"난 괜찮아요." 내가 말한다. "하지만 나도 잔돈이 없는 데요."

그 남자는 의심스러운 눈빛으로 고개를 한번 끄덕이더 니 카운터 뒤에 쭈그리고 앉는다. 그러고는 혼잣말로 중얼 거리는 소리가 들린다. 가판대 남자는 이 상자들 중 어딘 가에 항상 여분의 동전 몇닢이 있다고 혼잣말을 한다. 배 기 장치 기사는 내 머리를 쳐다본다. 그는 미간을 찌푸린 다. 나는 무언가가, 이러한 행복한 상태가 와르르 무너져 버릴 것만 같아 잠시 두려움에 빠진다.

"그런데요." 가판대 남자가 다시 고개를 내밀며 말한다.

"뒤쪽에 헤어드라이어가 있어요. 원하시면……"

나는 에스카피스타의 반응을 살피기 위해 그를 바라본다. 나는 그러고 싶지 않다. 굳이 이제 와서 머리를 말리고 싶은 생각이 없다. 하지만 그 누구의 호의를 거절하고 싶지도 않다.

"그 문제라면 우리도 알고 있어요." 에스카피스타는 차를 가리키며 말한다. "보셨죠? 창문을 죄다 내리고 기어를 1단에 놓고 차를 몰고 있다고요. 더군다나 날씨도 굉장히 덥네요. 조금 있으면 이분 머리도 바짝 마를 겁니다."

남자는 차 쪽으로 고개를 돌린다. 그는 동전 몇닢이 든 손을 몇번 쥐었다 폈다 하더니, 잠시 후 다시 우리를 쳐다보면서 에스카피스타에게 그 동전을 건네준다.

"고마워요." 나는 그 자리를 떠나면서 남자에게 말한다.

가판대 남자는 내 태도가 영 미덥지 못한지, 냉장고 쪽으로 걸어가면서도 몇번이나 고개를 돌려 우리를 쳐다본다. 길가로 나오자 에스카피스타가 내게 담배를 권하지만, 나는 담배를 끊었다고 말하고 차에 기대어 기다리기로 한다. 그는 담배에 불을 붙여 물고 한모금 빨더니, 내 동생처럼 하늘을 향해 연기를 내뿜는다. 아무래도 그건 좋은 징조 같다. 그래서 다시 차를 타고 가다보면 가판대에서 잃어버린 것을 모두 되찾으리라는 생각이 든다.

"그럼 뭐 좀 사러 가요." 내가 불쑥 말한다. "당신 아내에게 줄 거 말이에요. 그녀가 좋아할 만한 것, 그리고 당신이 일부러 늦게 온 게 아니라는 것을 증명할 만한 것으로 말이죠."

"일부러 그랬다고요?"

"꽃, 아니면 달콤한 것도 좋겠죠. 저기 보세요. 길 건너편 모퉁이에 주유소가 있네요. 걸어갈까요?"

그는 고개를 끄덕이고 문을 닫는다. 우리가 이 드라이브에 나설 때 약속했던 것처럼 창문은 아직도 계속 열려 있다.

걸어가니까 상쾌하고 좋은데. 나는 속으로 중얼거린다. 그리고 우리는 모퉁이를 향해 걸어간다. 처음 몇걸음은 어쩐지 조금 어색한 느낌이 든다. 그는 일정한 리듬 없이 연석緣石 가까이로 걸어가다, 가끔 자신의 삐뚤삐뚤한 걸음걸이에 놀라 발이 꼬이기도 한다. 똑바로 걷지를 못하네. 나는 속으로 말한다. 이럴 때일수록 인내심을 가져야 해. 나는 그를 불편하게 만들지 않기 위해 더이상 그를 쳐다보지 않는다. 나는 하늘과 신호등을 쳐다본다. 그리고 우리가 차에서 얼마나 멀리 왔는지 확인하기 위해 가끔 뒤를 돌아보기도 한다. 나는 소통의 거리를 확보하려고 그에게 조금 더 다가간다. 나는 행여 도움이 될까 해서 조금 더 천천히 걸어 보지만, 오히려 그가 멀리 앞서 가는 결과를 초래했다. 결국 그는 걸음을 멈춘다. 그는 짜증이 난 듯 나를 향해 돌아서서 기다린다. 다시 한자리에 모인 우리는 함께 걷기 시작한다. 처음 몇걸음은 나란히 걸었지만, 또다시 거리가 벌어지고 만다. 이번에 걸음은 멈춘 건 나였다.

"뭔가 제대로 돌아가지 않는군요." 내가 말한다.

그는 몇걸음 더 나아가더니, 당황한 표정으로 우리의 발을 보면서 내 주변을 맴돈다.

"차로 돌아가죠." 그가 말한다. "차를 타고 계속 가면 되잖아요."

우리 발밑으로 지하철이 자나가면서 보도가 흔들리고 환풍구에서 후끈한 바람이 솟구친다. 나는 고개를 젓는다. 몇 미터 뒤에서 가판대 남자가 고개를 내밀고 우리를 쳐다본다. 이건 올바른 방법이 아니야. 나는 생각한다. 조금 전까지는 모든 것이 다 잘 돌아가고 있었는데. 그는 서글프게 웃는다. 내 몸이 쪼그라들고, 손과 목덜미가 뻣뻣해지는 것 같다.

"이건 게임이 아니에요." 내가 말한다.

"뭐라고요?"

"이건 아주 심각한 문제라고요."

그는 그 자리에 얼어붙은 듯 꼼짝도 하지 않는다. 그리고 그의 얼굴에서 웃음기가 사라진다. 그가 말한다.

"미안하지만 지금 대체 무슨 일이 일어나고 있는지 잘 모르겠네요."

우린 그것을 놓쳤어. 나는 생각한다. 사라져버렸다고. 그는 계속 나를 바라보고 있다. 하지만 그의 눈에서 광채가 인다. 그 순간, 에스카피스타는 모든 것을 이해한다는 듯한 눈빛으로 나를 바라본다.

"동생에 관해 말해줄래요?"

나는 고개를 절레절레 흔든다.

"그럼 아파트로 데려다줄까요?"

"여덟 블록밖에 안 되니까 혼자 걸어가는 게 좋을 것 같아요. 그나저나 어서 아내에게 전화하세요. 지금쯤이면 아내에게 연락하고 싶을 테니까요." 나는 근처 건물의 쇠창살 울타리 사이로 비집고 나온 꽃 세송이를 꺾는다. "자, 받아요. 집에 가자마자 아내에게 주세요."

그는 내게서 눈을 떼지 않은 채 꽃을 덥석 받는다.

"행운을 빌게요." 나는 엘리베이터에서 그가 한 말을 떠올리며 말한다. 그리고 나는 그 자리를 떠난다.

나는 차로 다가가 뒷좌석 창문으로 수건을 꺼낸다. 그러고는 길을 건너 보도를 따라 집으로 돌아간다. 나는 웨이터처럼 수건을 팔에 두른 채 신호등이 바뀌기를 기다리면서 내 발과 슬리퍼를 물끄러미 내려다본다. 나는 리듬에 집중하면서 숨을 크게 들이마신 다음, 그 소리와 세기를 의식하면서 길게 내쉰다. 이것은 내가 걷는 방법이야. 나는 생각한다. 이것은 내 건물이야.이것은 정문 열쇠야. 그리고 이것은 내가 사는 층으로 데려다줄 엘리베이터 버튼이야. 문은 모두 닫혀 있다. 문이 열리자 복도의 불빛이 다시 깜박거린다. 우리 집 앞에서 나는 다시 머리에 수건을 두른다. 문은 잠겨 있지 않다. 천천히 문을 열어보니, 모든 것이, 거실과 부엌의 모든 것이 무서울 정도로 원래 모습 그대로다. 담요는 소파 밑에 아무렇게나 내던져져 있고, 커피 테이블에는 찻잔과 담배꽁초가 널려 있다. 가구도 모두 제자리에 있고, 내가 기억할 수 있는 모든 물건을 담아두거나 떠받치고 있다. 그리고 그는 여전히 식탁에 앉아 기다리고 있다. 그는 팔짱을 낀 채 고개를 들어 나를 쳐다본다. 나는 잠시 나갔다 온 거야. 나는 생각한다. 이제 내가 말할 차례라는 건 알지만, 그가 물어보면 그것만 대답할 것이다.

옮긴이의 말

기이한 현실,
혹은 무한한 창조의 공간

『일곱채의 빈집』(*Siete casas vacías*, 2015)은『소란의 핵심』(*Núcleo del disturbio*, 2002)과『입속의 새』(*Pájaros en la boca*, 2009)에 이은 사만타 슈웨블린의 세번째 소설집으로, 제4회 리베라 델 두에로 세계 단편소설문학상을 수상했다. 카프카의 문학세계와 빔 벤더스의 영화를 연상시키는『일곱채의 빈집』은 이전 소설집과 마찬가지로 우리 일상에 숨겨진 낯설고 기이한 삶의 모습을 환상적인 방법으로 그려낸다. 하지만 다른 점이 있다면 이 소설집에서 작가는 기존의 미학과 감수성을 더 극단으로 밀어붙임으로써, 기이하고 환상적인 요소를 보다 현실적인 층위에서 천착하고 있다는 것이다. 작가 자신도 어느 인터뷰에서 이러한 점을 분명하게 밝힌 바 있다. "내 문학은 절대적으로 낯선 것에서 시작되었지만 점점 내 삶에 더 가까워져갔습니다. 좋은 건지 나쁜 건지는 모르겠지만, 이 소설집은 내 작품 중에서 가장 자전적인 성격을 지니고 있죠. 그래서 여기에서 나는 자신의 세계를 더 깊이 이해하려고 시도했습니다. 어쩌면 과거 나의 세계가 '더 환상적이고 부조리한 다른 세계'였는지 모르겠지만, 시간이 지나면서 점점 더 현실적인 세계에서 살게 되었습니다."* 결국 『일곱채의 빈집』은 단순한 환상의 세계를 넘어, 누군가의 표현대로 "기이한 현실"(lo extraño real)**을 모색하고 있는 것으로 보인다. 그럼 그 '기이한 현실'이 과연 무엇인지 살펴보도록 하자.

*

『일곱채의 빈집』에 수록된 작품은 대부분 '집'이라는 상징적 공간을 배경으로 하고 있다. 집은 일반적으로 우리를 안전하게 보호해주는 안식처의 역할을 하는 반면에 우리의 삶을 일방적으로 규정하고 가족이라는 전통의 사슬로 우리를 옭아매는 억압의 공간이기도 하다. 따라서 집은

---

* Silvina Friera, "Hay un intento de entender cada vez más mi propio mundo"(Página12, 2015.8.30), 사만타 슈웨블린 인터뷰.
** Silvina Friera, "Samanta Schweblin ganó el National Book Award 2022 en la categoría 'Literatura traducida'"(Página12, 2022.11.18).

변화를 거부하고 동일성을 유지하면서 — 모든 일이 "항상 같은 순서로 일어"(62면)난다 — 타자의 틈입을 허용하지 않는 폐쇄성과 배제의 공간으로 드러난다. 결국 이 작품집에 등장하는 인물들의 이야기가 대부분 상실, 혹은 결핍을 중심으로 짜여 있는 것도 결코 우연은 아니다. 자식의 죽음(「이 집에서는 항상 있는 일이다」「깊은 곳에서 울려오는 숨소리」)이나 결혼 생활의 파탄(「그런 게 아니라니까」「나의 부모와 아이들」「이 집에서는 항상 있는 일이다」), 집을 잃고 떠도는 여자(「40제곱센티미터의 공간」), 어린 동생에게 부모의 관심과 사랑을 빼앗긴 어린 소녀(「운 없는 남자」) 등이 집이라는 절대적 공간이 낳은 괴물들이다. 하지만 그중에서도 가장 끔찍한 것은 기억의 상실(「깊은 곳에서 울려오는 숨소리」의 롤라)이라고 할 수 있다. 죽음이라는 것이 육체의 파괴와 소멸을 의미하는 것이라면, 기억의 상실은 육체적으로 여전히 살아 있지만 모든 존재의 의미를 상실하는 죽음, 작가의 말에 따르면 "영원한 죽음"(una muerte eterna)*, 또는 영원히 지연되는 죽음이나 다름없다. 파괴와 죽음으로서의 집.

『일곱채의 빈집』은 이처럼 집으로 형상화되는 사물의 질서, 즉 "현실"(122면)이라는 관념을 의문에 부친다. 현실이란 무엇인가? 현실은 어떻게 이루어져 있고, 또 어떻게 변

---

* 앞의 글.

화시킬 수 있는가? 이것이 바로 이 소설집이 우리에게 던지는 화두다. 슈웨블린은 인물들의 광기 ——"미친 짓" ——을 통해 집-현실의 강고한 질서를 해체하려고 한다. 특히 「그런 게 아니라니까」에서 딸과 함께 매일 호화 주택을 구경하러 다니다 마음에 들지 않는 것이 있으면 무단으로 침입해 물건의 배치를 바꾸는 어머니의 "미친 짓"(28면)은 궁극적으로 집, 혹은 현실이라는 질서를 드러냄과 동시에 이를 변화시키려는 시도와 같다.*

내가 기억하는 한, 우리는 여러 집을 구경하러 나갔다가 정원에 어울리지 않는 꽃이나 화분이 있으면 곧장 치워버리곤 했다. 그뿐이 아니다. 스프링클러 위치를 바꾸고 삐뚤어진 우편함을 바로 세우는가 하면, 잔디에 너무 무거운 장식품이 있으면 다른 곳으로 옮기기도 했다. 그러다 발이 페달에 닿으면 나는 곧장 차를 몰기 시작했고, 엄마도 마음이 한결 홀가분해졌다. 언젠가 엄마는 하얀색 나무 벤치를 혼자 들고 맞은편 집 정원에 갖다 놓은 적도 있다. 해먹을 철거하는가 하면, 잡초를 뽑기도 했다. 그리고 싸구려 티가 더럭더럭 나는 포스

* 이는 타자에 의한 집의 침입을 부정적으로 묘사하던 기존의 텍스트들 ——대표적인 예로 아르헨티나 소설가인 훌리오 코르타사르(Julio Cortázar)의 「점거당한 집」(*La casa tomada*, 1946)을 들 수 있다 —— 에 대한 전복적 읽기로 볼 수 있다. 훌리오 꼬르따사르 『드러누운 밤』, 박병규 옮김, 창비 2014 참조.

터에서 '마릴루2'라는 제목을 세번이나 뜯어냈다. (25~26면)

또한 「외출」에서 남편과 말다툼을 벌이던 중, 머리에 수건을 두르고 목욕 가운을 걸친 채 아파트를 빠져 나와 "에스카피스타"(189면) ── 자동차 배기 장치 기사인 동시에 현실도피주의자, 탈출 곡예사라는 중의적인 의미를 지닌다 ── 와 함께 밤거리를 배회하는 여자는 집이 더이상 안식과 안정의 공간이 아니라는 점을 분명하게 드러내준다. 결과적으로 광기는 상실/파괴에 대한 반작용이자 현실을 가로질러 다른 삶을 향해 나아가려는 절망적인 시도, 해방의 욕망을 의미한다.

광기를 통해 또다른 세계로 나아가기 위해 등장인물들은 해부학적 시선으로 사물의 질서를 집요하게 관찰함과 동시에 이를 미세하게 변화시킨다. 따라서 이들의 "미친 짓"은 삶에 대한 일종의 '실험'이다. 이 실험은 여러 층위에서 이루어지는데, 가장 먼저 사물의 "분류"(81면)를 들 수 있다. 「깊은 곳에서 울려오는 숨소리」의 롤라는 망각과 기억의 악순환에서 벗어나기 위해 매일 자기에게 가장 중요한 것을 "목록"(같은 곳)으로 작성해 몸에 지니고 다니거나, 평소 사용하던 물건을 종류별로 분류해 상자에 넣고 표시를 한 다음, 차고에 보관한다.

롤라는 자신이 지나치게 오래 산 데다, 삶이 너무 단순하고 하찮아서 이제 사라질 수 있을 만큼의 무게조차 없다고 생각했다. 롤라는 아는 이들의 경험을 면밀히 검토한 끝에 아무리 노년기라도 죽으려면 치명타가 필요하다는 결론을 내렸다. 감정적으로 타격을 받든, 육체적으로 타격을 받든 간에. 그런데 롤라는 자신의 육체에 그 어떤 치명타도 가할 수 없었다. 그녀는 죽고 싶었지만, 매일 아침 여지없이 다시 잠에서 깨어났다. 반면 그녀가 할 수 있는 것이라고는 모든 일을 그런 방향으로 계획하면서, 자신의 삶을 무디어지게 하고 삶의 공간을 서서히 줄여* 완전히 사라지게 만드는 것밖에 없었다. (67면)

여기서 롤라가 "목록"을 작성하고 사물들을 "분류"하고 상자에 넣는 것은 기존의 질서, 즉 "영원한 죽음"이라는 질곡으로부터 벗어나 완전한 해방과 자유에 도달하기 위한 꿈의 실험이다.

이와 더불어 언어—말의 질서에 대한 집요한 해부와 실험 또한 두드러지게 나타난다. 「이 집에서는 항상 있는 일이다」의 화자인 '나'는 말의 순서와 일의 순서, 즉 말과 사

---

* 슈웨블린에 의하면 "사물과 더불어 우리는 공간을 점유한다. 그것은 세계에 대한 일종의 소유로 볼 수 있다. (…) [따라서] 그 모든 사물들이 사라지기 시작하면, 우리도 함께 사라지게 된다."

물의 일치를 꿈꾸고 모색한다. "내가 보기엔 모든 일이, 심지어 가장 특이한 일마저도 늘 같은 순서로 일어나는 것 같다. 나는 순서에 따라 말을 하나씩 찾아가며 큰 소리로 또박또박 내뱉듯이 생각한다."(55면) 화자는 언어—말의 질서를 세계의 축소 모델로 여기기 때문에 말은 사물과 현실 ──존재하는 것은 물론 존재하지 않는 것, 즉 도래할 것 ──을 예견하기도 하고, 또 변화시킨다고 믿는다. 다시 말해 언어는 현실을 단순히 반영하는 데 그치는 것이 아니라, 오히려 현실 속에 현존하는 실체라는 것이다.

나는 생각의 끈을 놓치지 않기 위해 속으로 같은 말을 되풀이한다. '이 문제를 해결할 수 있는 말을 해봐.' 나는 어떤 말이든 여러번 반복했는데, 일단 밖으로 내뱉은 말은 어떻게든 효과를 발휘했다. 그런 말들은 아들이 내 곁을 떠나지 못하게 붙들어주었고, 남편을 쫓아냈으며, 설거지를 할 때마다 머릿속에 놀라울 정도로 완벽하게 자리 잡았다. (61~62면)

이러한 광기의 행동과 언어가 현실에서 효과를 발휘하려면 우선 타인과의 공감이 이루어져야 한다. 「그런 게 아니라니까」에서 서로 평행선을 달리던 어머니와 딸의 공감, 「이 집에서는 항상 있는 일이다」에서 '나'가 웨이메르와 "마음이 서로 통한다"(61면)는 사실을 발견하는 장면,

「40제곱센티미터의 공간」에서 시어머니의 삶과 자연스럽게 겹쳐지며 서로를 투영하는 며느리 '나'의 불안한 삶, 「외출」에서 '나'와 '에스카피스타' 사이의 공감.* 타인과의 공감과 소통은 "어떤 종류의 판단으로부터도 벗어나게 해"주는 "비정상적인 경계(警戒) 상태"로 진입했음을 의미한다(185면). 이는 어떤 경우에도 지속되지 않고 마치 계시처럼 일시적으로만 우리에게 드러나는 상태, 즉 잠재적인 것의 일시적인 현행화일 뿐이다.

이 모든 것에는 무언가 특별한 것이 있는 것 같은데, 그것

---

* 여기서 한가지 흥미로운 점은 타인과의 공감이나 소통이 급작스럽고 난폭한 방식으로 이루어진다는 사실이다. 가령 「이 집에서는 항상 있는 일이다」에서는 "바로 그 순간 내 눈앞에 꿈같은 광경이, 아니 속으로 바라던 장면이 나타난다. 아들이 스크린 도어를 열고 우리를 향해 걸어온다. 아들은 맨발로 잔디를 힘차게 밟으며 빠르게 걷는다. 아들은 우리와 집, 그리고 이 집에서 항상 같은 순서로 일어나는 모든 일에 분노한다. 아들의 몸은 웨이메르와 내가 두려움 없이, 간절하다시피 한 심정으로 기다리는 바대로, 엄청 빠르게 커지면서 우리를 향해 오고 있다. 이따금 남편을 떠올리게 하고, 눈을 질끈 감게 만드는 아들의 거대한 몸. 불과 몇 미터 떨어져 있고, 이제는 거의 우리 머리 위에 있다. 하지만 우리를 건드리지는 않는다. 다시 눈을 떠보니, 아들이 방향을 틀어 키 작은 소나무 쪽으로 걸어간다. 아들은 미친 듯 옷가지를 움켜쥐고 공 모양으로 똘똘 뭉치더니, 말없이 왔던 길로 되돌아간다."(62면) 하지만 난폭한 방식으로 공감이 이루어진다는 것은 기존의 질서를 무너뜨리고 새로운 삶의 방식으로 나아간다는 긍정적인 의미로 봐야 마땅할 것이다.

이 무엇인지 도무지 짐작이 가지 않는다. 대체 그건 어떤 것일까? 나는 생각해본다. 잘 돌아가는 것이 무엇인지 알아내야 한다. 그래야 그것을 기억하고 되풀이할 수 있고, 더 나아가 필요할 경우 다시 이 상태로 돌아올 수 있을 테니까. (191면)

그런 상태에서 「나의 부모와 아이들」의 할아버지, 할머니 — 하비에르의 아버지와 어머니 — 는 기쁨의 감응을 감염시키는 수단으로서 유머와 놀이를 제시한다. 두려움과 슬픔 대신 유머를 통해 열정과 기쁨의 정서를 생산하고, 일상적 습관 대신 놀이를 통해 새로운 삶의 형식을 만들어내려는 것이다. 이로써 따분하고 기계적으로 배치된 마르가의 집은 전혀 다른 공간, 즉 즐거움과 웃음 넘치는 축제와 놀이의 공간으로 바뀌어버린다. 이제 이곳은 어떤 제약이나 구속도 없이 자유롭게 행동할 수 있는 해방의 공간, 기쁨이 넘치는 감응의 공동체로 변모한다.

바로 그 순간, 나는 집 쪽으로 고개를 돌린다. 그들이 보인다. 그 네 사람이 모두 저기 있다. 찰리 등 뒤로, 앞뜰 너머로, 거실 창문 뒤로 벌거벗은 채 물에 흠뻑 젖은 내 부모와 아이들 모습이 어른거린다. 어머니는 유리창에 가슴을 비비고 있고, 리나는 그 장면을 넋을 잃고 쳐다보면서 그대로 따라 한다. 그들은 기쁨에 겨워 소리치지만, 아무 귀에도 들리지 않는다. 시몬도 엉덩짝을 실룩거리며 제 할머니와 리나를 흉내 낸다. (…) 아버지는 그 누구도 유리창에서 떼어내지 않은 채, 어머니와 아이들을 천천히, 따뜻하게 안아준다. (50~51면)

작가 자신이 언급한 바와 같이 『일곱채의 빈집』에서 "변화나 해결책을 발견한다는 사실, 해방과 자유, 타자를 이해하고 공감하는 것은 모두 그 집에서 벗어난다는 것을 의미"한다. 그런데 여기서 집을 벗어난다는 것은 단순한 도피가 아니라 리나와 시몬처럼 기쁨의 감응을 통해 외부적·잠재적인 삶의 형식을 경험하게 되면서 새로운 현실의 배치를, 그리고 새로운 인과관계를 만들 수 있는 능동적인 역량을 얻는다는 뜻이다. 따라서 『일곱채의 빈집』에서 '집'은 더이상 억압과 배제의 공간이 아니라 외부적인 조건에 따라, 그리고 여러 요소들의 조합 방식에 따라 어떤 양태로든 변모할 수 있는 자유로운 가능성의 공간이 된다. 이제 집은 닫힌 공간이 아니라 모든 가능성에 열려 있는 창조의 공간이 된다. 따라서 이 소설집의 제목에 나오는 '빈집' 또한 단순히 비어 있다는 부정적 함의가 아니라, 무한한 생성의 공간을 의미하는 것이리라.

엄지영

일곱채의 빈집

초판 1쇄 발행 • 2024년 9월 6일

지은이 / 사만타 슈웨블린
옮긴이 / 엄지영
펴낸이 / 염종선
책임편집 / 이진혁 김유경
조판 / 박지현
펴낸곳 / (주)창비
등록 / 1986년 8월 5일 제85호
주소 / 10881 경기도 파주시 회동길 184
전화 / 031-955-3333
팩시밀리 / 영업 031-955-3399 · 편집 031-955-3400
홈페이지 / www.changbi.com
전자우편 / lit@changbi.com

한국어판 ⓒ (주)창비 2024
ISBN 978-89-364-3963-7 03870